成英姝

001

恐怖偶像劇

目次

海灘男孩

反町隆史／竹野內豐／廣末涼子

失意男的夏天

我聽說女人見了海就會失去理智，這樣說來，海邊是我最應該去的地方了。對一個無所事事，靠女人吃飯的男人來說。

原本只打算在民宿待個幾天，完成我的重要任務，沒想到卻被老闆以非常手段留下來做長工。另外一個倒楣鬼是叫海都的上班族。我們兩個被那老頭子強拍了裸照，爲了增加效果，那個傢伙居然還在背後用棕櫚葉子搔我們的屁股。這下可好了，我們的臉上露出似笑非笑，扭曲變形的曖昧表情。「如果這不是用來威脅你們的重要把柄，這麼好的東西實在應該放大了掛在屋頂上，讓多一點人欣賞才是。」老頭子嘖嘖說。因爲我是過敏體質，屁股竟然因此長滿了疹子，奇癢無比，有的時候根本顧不得動作不雅，拚命抓癢。

老頭子還有個孫女眞琴，她住在東京的媽媽馬上要來。「不管怎麼樣，都得讓我媽媽高興才行，」那女孩說。「如果惹毛了她，我可不會饒你們。」

這一家子人實在很恐怖。我們兩個打算把這個叫慶子的女人灌醉，沒想到她酒量奇佳，簡直是妖怪。數都數不清的清酒下肚，海都已經吐了好幾次，那個女人卻興致仍然很好。

「來玩脫衣骰子好了。」她說。

因爲我們兩個早就被拍了裸照，再脫也不算什麼，只要她高興就行。我想這女人在東京可能是靠在賭場裡耍老千維生，我們兩個沒有贏過一把，很快就脫光了。

「沒意思，一點都不好玩。」那女人噘著嘴說。「這次如果輸了的話，你們兩個就舌吻五分鐘。」

「什麼?」海都大喊起來。「跟男人接吻，這種事情我做不出來。」

我個人是還好啦，但是海都那個傢伙就麻煩了，如果屁股被搔的裸體照片被拿到公司裡去傳閱的話，的確是比死還難受。

結果我們兩個就照做了。這個遊戲當然也不會就此結束，所以接下來的事情，我就不想說了。總而言之，人生不如意事，十常八九，越是在意就越不堪回首。聽說希臘人也常做這種事，算不上是恥辱……希望海都也這麼想。反正，我想那個女人到最後很樂，一直到凌晨三點多才說要去睡覺。

早上頭痛萬分地醒來，卻忽然想起來，之所以會跑到海邊來，本來是爲了把富士子的屍體丟到海裡的嘛！發生這麼多事情，竟然就忘了。

我跑出門口，正想把放在車箱裡的富士子的屍體拿出來，卻看到老頭子拖著衝浪板往船那邊走去。等等，那個好像不是衝浪板，仔細一看，是用塑膠布打包的像人一般高的東西。那個傢伙，該不會也是打算把什麼人的屍體丟到海裡去吧？

我背著富士子走向老頭子。「喂，你想把誰丟到海裡？」我從背後向他大喊，活活嚇了他老大一跳。

「被你發現了？」他摸摸後腦勺。「就是眞琴她媽嘛！多虧了你們把她灌醉，要是靠我一個人，可辦不到。」

「既然如此，我們就一起進行吧！」我說。「我也打算把這個女人丟掉呢！」

「不行，」老頭子一口拒絕。「這船坐不下四個人。」

雖然是四個人，但是有兩個人是可以折起來的啊！

就在這個時候，海都也搖搖晃晃地拖著什麼東西走過來。這個傢伙，宿醉還沒醒吧！咦，那傢伙該不會也正打算把哪個女人的屍體丟進海裡吧？

「喂，你拖著的是什麼人？」我問。「難道是櫻？」

海都茫然地點點頭。「本來就是打算把她丟到海裡才來的，卻忘記了。一直到早上醒過來才想起來。」

「既然如此，不是三個人一起進行比較方便嗎？」我說。

沒想到老頭子搖搖頭。「你們應該去尋找屬於你們自己的海。」那老頭子一本正經地用一種意味深長的口氣說。經典台詞都是在這種時候出現的。

幹嘛那麼小氣？海那麼大，別說是多藏一、兩具屍體，就算是一、兩百，一、兩萬具，也沒什麼影響吧？

惡作劇之吻

佐藤藍子／柏原崇／小澤眞珠

約定之舌

有一天我和一個聰明又英俊的男生在走廊上撞在一起了，你問我怎麼發生的，原因是我跑得太快，原因是那天是開學典禮，人快要遲到的時候總是會跑。我們不只撞在一起，我們還嘴對嘴，因此我把那稱之爲接吻。而且是舌吻。他咬住了我的舌頭，別又問我是怎麼發生的，我不知道。命運就是這麼一回事。他咬住了我的舌頭，緊咬著不放，我想他是因爲突如其來的衝擊發作了什麼癲癇之類的病，因此他無法張開嘴，僵硬的上下頷怎麼都扳不開。

人們在我們周圍奔跑，我無法肯定他們是要趕去參加典禮還是爲了我們的事情慌亂成一團。我無法抽回我的舌頭，而且我的舌頭很痛。一瞬間我有種不可思議的感覺，我的嘴無法合攏，而他的嘴無法張開，這個念頭令我想大笑，但是張著嘴舌頭吐出的姿勢使得我的口水管不住地滴落下來。哎喲，琴子好髒。我聽到一個女生這樣尖叫。我低頭看到流了一地的口水混著許多血。

他們把我們送到醫院，終於把那個人的嘴巴打開了，但是我的舌頭前半截已經壞死，且在他打開嘴巴的瞬間斷落。我隨之昏了過去。醒來的時候我大喊，還我的舌頭來！但是我沒注意到失了半截舌頭以後我的咬字不清，聽起來一團模糊，就像嘴巴裡塞了一團棉花一樣。這個女的發瘋了，她在鬼叫什麼？我聽見周圍的人說。別理她，她不是瘋了，她是原本就是個低能。我聽見有人這麼回答。

我問他們是否能把我的舌頭接上？所有的人都露出嫌惡的表情。有人好心告訴我，那半截舌頭被那個人吞到肚子裡去了。我想一想，舌頭被一個聰明英俊的男生吞進肚子裡也是一件不錯的事。我認爲那一吻絕對是命中注定，因此我追著那個人不放，他們都說像我這樣醜又笨的女孩，竟然妄想與相貌秀麗非凡的資優生交往，應該被亂箭射死，從耳朵灌入水銀，割斷腳筋。我並不在乎，因爲我其實不笨，我只是裝作笨而已。我比他們都聰明。一個聰明人要裝作笨的樣子很難，偶爾會不小心露出馬腳，但那種時候他們都裝作沒發生。

爲了追那個人，我花了不少功夫，但那個人似乎不爲所動。後來那個人考上了醫學院，我則決定成爲護士追隨。兩年後我們在醫學院又碰面。爲何你一直纏著我不放？那個人說。

我要向你要回我的舌頭，我回答。

那個人哈哈大笑，你眞是個不折不扣的白癡，不枉費誰都說你腦子裡全是屎。原來你想要回被我吞到肚子裡的舌頭？你想我剖開肚子拿給你是吧？哎喲我的肚子眞疼，也許我的肚子會給笑破，你就可以看看舌頭在不在裡面了。那個人果然笑個不停，我甚至擔心會像當初一樣羊癲瘋發作。

如果你快死了，需要骨髓移植什麼的，說不定我會考慮，那個人說，我這個人啊，看似冷血無情，其實是很有人情味的。不過，你也不想想……唉，我怎麼能指望一個沒有智能的人想？總之，那半截舌頭也不過就是一塊臭肉，當然是進了腸子以後變成屎啦，就跟你腦子裡的東西一樣。

你該不會眞的以爲我想向他要回我那半截被他咬斷的舌頭吧？雖然我說要向他要回舌頭，但是我可沒有說是要回我的舌頭呢！只是原本想用一種浪漫的方法的，比如說，就像失去它的時候一樣，怎麼失去的，就怎麼拿回來。接吻。

我想在和他接吻的時候取回舌頭。

既然這個辦法看情形是不可行了。我可是花了好多年的功夫來醞釀呢。我這個人看起來雖然性急，其實很有耐心的。現在只好用簡單的方法了，雖然便利，但是沒有什麼情調可言，這也是沒辦法的事。幸好我隨身帶的袋子裡，隨時放著一柄勾子，和一把剪刀。

美人

常盤貴子／田村正和／大澤隆夫

蠱之鬼臉

「那女人臉上的皮一定是拉過的，看起來跟死人一樣。」我常聽人對電視上出現的某些女明星斬釘截鐵地這麼說。我自己也覺得很多名女人的臉太死，就像張假皮，你只要注意看看她們笑的樣子就知道了。

那位醫生眞是高明，把我的臉變得跟以前完全不同，好叫我丈夫完全認不出我來。比起拉過皮而且手術失敗的女人的臉，我的臉要漂亮許多，但是同樣是戴著一張死人面皮。我知道這是從那個叫做祥子的女人的臉上剝下來的，因爲我每晚夢見她，我越來越覺得那女人的鬼魂附在我身上，我變成那女人的傀儡。

世人都以爲沒有愛會使人變成鬼，眞是大錯特錯。如果你聽說過那些變成鬼的女人的故事你就會理解，被男人拋棄的女人仍然一心一意地等著男人回來，等著等著什麼時候自己已經變成了鬼都不知道，失去了美麗的人類的臉，只剩下恐怖軀殼的形象以吃人肉、喝人血爲生，在女人的心裡同時有著一顆溫柔地等待著男人的心和一顆仇恨、憤怒、燃燒著復仇火焰的心。越是愛一個人才越可能變成鬼，是愛使得我們變得醜陋。

現在我丈夫的手中有槍，醫生的手中也有槍，兩個人對峙的時候，附在我身上的祥子的鬼魂說話了，對著醫生哭著說：「我一直是愛著你的，只愛你一個人。」我曾經聽醫生說過，他發現妻子背叛了自己，與別的男人上床的事，儘管醫生知道妻子愛的是別人，仍然深愛妻子，就是因爲深愛她，才剝下她的臉皮，移植在我身上。

現在我的臉是醫生的妻子的臉，連身體也快被醫生妻子的鬼佔據了，那麼我呢，我什麼都沒有，逐漸稀薄下去，難道將化爲空氣？這不就像是人魚公主的故事，一般人聽到人魚公主的遭遇，都笑她笨，應該殺死王子的嘛，用刀子刺進王子的心臟，寧願那個男人死掉，也不要自己化爲泡沫啊，不值得的嘛！現在的我，如果退讓，就會落到與人魚公主同樣的下場，成全了所愛的人，卻犧牲自己，我不要。

我丈夫仍在冷笑，對著醫生說，殺死我啊，你不敢吧？

自殺吧！我心中向醫生吶喊。

*

不知道爲什麼，我的老婆被那傢伙換了一張臉。這眞是一件不可思議的事情，你看過《變臉》那部電影嗎？這個時候我不應該講笑話，但是我實在忍不住這麼想：如果我和這個傢伙的臉換過來的話會怎麼樣？我老婆會以爲我是他，然後以爲他是我，我的天，我眞的會笑死。

我不知道我老婆腦子裡在想什麼，如果她以爲換一張臉就能改變我對她的愛那麼她就大錯特錯了。曾經我父親去向印尼人要來一種蠱下在我母親身上，如果她愛上了別人她美麗的臉就會變成世界上最醜惡的一張鬼臉。我父親後來把我母親殺了，因爲有一天她的臉忽然整個毀壞，變成恐怖的稀爛鬼臉，他不知道那是我弄的，我往她臉上潑了毒藥，我只是想證明他是不是眞的愛母親，我只是想知道他是不是眞的會殺她。

我認爲一個爲了證明對女人的愛而活著的男人是英雄。我母親不愛我父親就跟我老婆不愛我一樣，她們充其量只是害怕我們這種人。但是人們老跟你說眞正的愛未必要求回報，基本上我也同意，我知道我老婆跟那個傢伙上了床以後，我其實原諒了她，而且我還給她更多的愛。

我告訴你這個故事的眞相，爲了逃避我的暴力不是我老婆要醫生改變她的臉的眞正原因。我在我老婆身上也下了那個蠱，那個背叛了我就會變成鬼臉的蠱，只有一個原因會讓她迫切地想換一張臉，那就是她知道自己快變成醜惡的鬼臉時。很可惜她不知道一旦她沒有了臉，我的愛只會變得更強烈。

那個傢伙打算向我開槍的時候不知道看到了什麼，模樣很像我父親發現我母親的臉並非因爲背叛他而毀壞時的表情。對了，那個傢伙一直以爲他的太太愛的是別的男人，那個時候，或許看到了什麼靈異現象也說不定，總之似乎受到太大的驚嚇而發生腦死。我被指控過去的種種暴行現在被關在獄中，我妻子有時候會來看我，有的時候她很不像她，不只是她的臉不是她的臉而已，我說過了，我不需要靠她的臉來辨認她，靈魂既然沒有形體自然也沒有臉，只是我覺得我妻子的靈魂，也逐漸蒸發了。

美麗人生

常盤貴子／木村拓哉／池內博之／水野美紀

幸福論

坐輪椅的圖書館女孩換了新髮型，是在附近的家庭美容院給老闆娘燙的黑人爆炸頭。雖然說黑人爆炸頭已經過時了，連「口袋小孩」都打扮成「早安少女」的模樣了，誰還會頂著「傑克森五兄弟」出道時候的頭髮呢？但是家庭式美容院總是慢半拍嘛，老闆娘現在才學會這種技術。但是這樣佔地龐大的髮型，卻很容易給人造成不便，「坐著輪椅已經很擋路了，連頭髮也要妨礙他人。」人人都這麼說。坐在露天咖啡屋的時候，被坐在後面的不良少女抓住頭髮，「都是你，戴什麼假髮啊！剛才有飛碟過去欸，害我沒看到！」那少女將她連人一起扯下輪椅摔在地上。「什麼啊，原來是眞的頭髮，太奇怪了，是怪物嗎？」少女驚訝地說。沒辦法，眞的是很大很大的頭髮噢！

那個英俊美髮師一眼相中圖書館女孩，要求她做他的模特兒，替她剪了一個飄逸美好的髮型。看到登在雜誌上的照片以後，女孩覺得自己被利用了。

「你這資本主義的走狗！你沒有靈魂！」圖書館女孩咒罵。

然而回去以後女孩又覺得，當一股清流是沒有任何意義的，與其排斥資本主義化的世界，不如聘請經紀人和律師來得實在一點。

美髮師和少女陷入愛河，「讓我來做你的無障礙空間吧！」美髮師如此說。

眞的嗎？眞的要建立無障礙空間的話，就要把這個世界上所有的人都消滅，不那樣是不足以建立無障礙空間的社會的。圖書館女孩心裡想。

女孩的不良於行是因爲得了一種怪病，發病至今，藏在毯子下面、長裙裡的雙腿，幾乎沒有人看過，因爲已經萎縮到不可思議的程度。決定和美髮師廝守以後，圖書館女孩給他看了她的腿。

「眞的是令人匪夷所思，」美髮師說，「好像蜥蜴的腿呢！」

圖書館女孩的哥哥知道妹妹與美髮師戀愛了，夜裡便作了惡夢。爲了妹妹而犧牲，這就是我活著的目的，女孩的哥哥一直有這種使命。夢裡一直牽著妹妹的手的哥哥，一邊喃喃念著，妹妹你可不能走，你走了我就不知道要爲誰犧牲了，即便死了鬼魂都無處可去喔！然而低頭卻瞧見什麼時候牽著的妹妹的手，只剩一隻手臂而已了，連接著的妹妹的身體不知道什麼時候已經消失。那個哥哥醒過來的時候全身被汗水溼透，內衣溼答答地黏在身上，眼睛裡滿是淚水。

圖書館女孩的女同事，也是女孩的好朋友，一直暗戀女孩的哥哥。

黑暗的房間裡，女同事爬上女孩哥哥的床，那個哥哥感受到觸摸他後頸的柔軟手指，全身打了一個冷顫，翻身坐起來，騎在女孩光滑的肚子上，用力勒住她的脖子。「滾開！可惡，不要臉的妓女，爲何要來引誘我？」他憤怒地大喊，以爲床上的女人是自己的妹妹。年輕女孩驚慌地扭動著身子掙扎，一會兒不動了，仰躺著翻著白眼，一點點從窗外透進來的白色光映在發青的臉上。他茫然地看著自己的雙手，理解到自己最內心深處的恐懼。他跑出屋外，喃喃自語：「夠了，繼續待在這陰暗的家中，任誰都會發瘋的！」

美髮師擔任一場知名設計師服裝秀的髮型造型，這對他來說是相當重要的大事，服裝秀中還安排了他替一個女明星剪頭髮的表演。圖書館女孩在這個節骨眼上昏倒了，緊急送進醫院。美髮師在舞台上，眾目睽睽之下興之所至剃光了女明星的頭髮，忽然仰天大笑，拂袖而去。

圖書館女孩死了，她當然是要死的，再也沒有比死亡賦予這個季節更深刻的想念，更多眼淚和痛苦。美髮師如女孩生前所願，在海邊開了一間小小的、家庭式的美容院。「家庭式美容院最能帶來屬於過往的溫暖又苦澀的記憶。」圖書館女孩曾說。美髮師在明亮的白日打掃那間陳設簡單的小屋，從窗子可望見外面美麗的海洋，一個小女孩蹦蹦跳跳地跑進來，拿著她喜歡的明星照片，想剪一模一樣的頭髮。小女孩坐在鏡子前，還不曉得裡頭那扇門後面，圖書館女孩正在打盹，她其實沒死，但是她的病並未痊癒，她的手、腳、身體都不斷萎縮，只有頭還是原來的大小，不過因爲全身都變得又小又輕，反而可以很靈活地爬行。這樣的她事實上不會造成美髮師太巨大的困擾，可以說是一個小小的、甜蜜的負擔。兩個人在這靜僻的海邊相守一生，人世間沒有比這更幸福的事，伊甸園也無法相比擬。

弄假成眞

王菲／中井貴一／仲間由紀惠

愛情是這麼短，遺忘是這麼長

我有健忘症。不是開玩笑的，我這個毛病很嚴重。我媽媽常責怪我一天洗好幾次澡，我也承認這樣很浪費水，但是我總是忘記我已經洗過了。有時候要不是肚子實在痛得要命，我甚至不記得自己為何坐在馬桶上。

就是因為這樣，當我看到那個戶籍登記副本的時候，一點也不驚訝自己曾經跟這個女人結過婚，而且對林菲這個名字一點印象都沒有。如果我前一天晚上沒有睡好的話，我甚至會忘記自己的名字，我花了兩分鐘才想起來。

不過我慎重地翻了我的記事本，你可以知道這本記事本的重要了，上面確實沒有記載我之前已經結過一次婚的事情。當然我也可能忘了記，這種事常有，即使是正常人也常常忘掉昨天闖的禍。為求保險起見，我僱了私家偵探。

我不是第一次僱用私家偵探，過去我僱用過好幾次，我請他們跟蹤的不是別人，正是我自己，好在我吃完麵要付帳的時候能隨時告訴我我把皮夾給放在哪兒了。

調查的結果他們說這個女的是個神經病。眞可惜，她其實長得還不錯，過去我見過的瘋子都是中年發福的女人，比如說我姑媽，她一直以爲自己是龍蝦，你知道的，龍蝦怎麼可能有肚臍眼？如果她自以爲是熊貓的話，我們還不至於送她去精神病院。

他們告訴我這個女人爲了留在日本擅自登記和我結婚，我想這其中可能另有隱情，因爲她是一個中國女人。誰曉得她是不是眞的是個瘋子？也許這是一項國際性的陰謀，她想趁著跟我上床的時候把一種最新研發的超級核子彈發射鑰匙塞進我的肚子之類的。讓我想想，中國在什麼地方？可能是在南美洲，我老是搞不清楚那個地方有些什麼國家。

一旦確定我並沒有和這個女人結婚，我就趕快進行離婚的手續。要知道我是已婚的男人。這件事我的筆記本記得很清楚。我再說一次筆記本很重要，我不想糊里糊塗地上了我丈母娘。基本的倫常關係是維繫社會秩序的重要基礎。

由於那個瘋女人怎樣都不願意跟我離婚，我實在傷透了腦筋。我告訴你我什麼辦法都想過了，我甚至想過僱用一個職業殺手去殺死她。如果她死了我們的婚姻關係自然失效。你可能很奇怪我爲何一定要跟她離婚，如果一個人不能犯重婚罪的話，我的兩個婚姻裡頭必須解決一個，那麼也許是跟她的，也許是跟我老婆的，我堅持選擇結束我跟她的婚姻，除了因爲我老婆的錢之外，還有一個重要理由，我老婆有時候會假裝從電視機裡爬出來，我就是無法抗拒這一點。

幸好我沒有僱用殺手去殺死林菲。我們對中國人不太了解，他們這個人種很神祕，有人告訴我他們跟海地人一樣，會作法使死人變成殭屍，而蒜頭對殭屍是沒有用的，有時候連吸血鬼都不吃這一套。

很不幸地我愛上了這個女人，也因此終於紙包不住火而東窗事發，因爲我回家以後問我老婆如果加入回教而只娶兩個妻子的話，是否有些優待或者可以申請退費？我眞是太大意了。這件事的收場是個悲劇，我老婆看似溫柔善良，其實最毒婦人心，我奉勸天下男人都要小心。我老婆在我的筆記本上寫下：「下午三點，把林菲丟進絞肉機，已經跟屠宰場的小林先生約好，地址與電話是……。」而我雖然認出那筆跡與先前的有所不同，卻只是猜想我可能什麼時候僱用了一個經紀人，而這件事對我的演藝事業有所幫助。當然我不會記得我何時開始發展起演藝事業了。我老婆不愧是聰明人，知道沒有屍體的話，就無從變成殭屍。

我深知明天我就會忘記林菲是誰，這眞有點傷感，我所說的悲劇就是這個。

魔女的條件

松嶋菜菜子／瀧澤秀明／黑木瞳

老少配童話

我任職的學校裡，有許多可愛的男孩子，眼睛細細的，笑起來讓人心疼的，或是格調有點痞，一看就是花了不少功夫弄那一頭時髦髮型的，或是舉手投足懶散又有點不羈的，都叫人忍不住盯著看。當然髒兮兮的，滿臉膿皰青春痘的也有，那種就別提了。我喜歡有點靦腆的、乾淨、身材比例優美、頭髮柔軟、眼睛澄亮的少年。有叛逆性格的不良學生，但是內心卻是脆弱的，這種也不錯。

漫畫書裡有那種男人爲了釣幼齒妹妹而去學校裡當老師，雖然也有性感狂野的女老師迷倒所有男學生的故事，但是相較之下，在現實裡總是前者比後者說得過去。眞是不公平。

看到我鎖定的男孩子和同年齡的女孩交往，我就會憤怒不已，一定要狠狠地教訓一頓。「不是說不能交女朋友嗎？」我把那個少年叫來辦公室。「別騙我了，說是一起討論功課，其實是做些不可告人的勾當吧？」

一邊氣急敗壞地罵著，一邊用藤條不管三七二十一地猛打。

「怎麼可以這麼不聽話呢？這樣下去，老師會很心痛的。」這麼說著，我就哭了起來。

那個少年的母親，自從知道我想從她身邊搶走兒子，就到學校裡來找我理論。

「想要年輕男人的話，爲何不自己生一個？」那個可惡的女人站在教師休息室門口朝我大喊，「二十八歲的女人誘拐才十八歲的男孩子，簡直是不要臉。」

「是誰不要臉？連自己的兒子都有非分之想，變態的女人！」

「你懂什麼？我可是從小就摸他的屁股的母親！」那女人驕傲地哼著鼻子，「現在我們還一起洗澡呢！因爲怕他受涼或是作惡夢，半夜裡能悄悄爬上他的床的，也只有我這個做母親的！」

「做兒子的可不是你的玩物，是公有財產，」我不甘示弱地大喊，「是每個女人都可以得到的。不，是爲了我而誕生的！」

結果我們兩人扭打成一團，我的衣服都被她扯破了，身上也掛彩，不過，我也扯下她一大把頭髮，並且趁兩人滾在地上的時候，狠狠踹了一下她的胸部哩！

「小光，你說說看，」那母親狠狽地朝著她兒子怒吼。「這個女人和媽媽之間，你要選哪一個？」

「小光，你要好好想想，」我大哭著說。「老師爲你付出了一切，你能爲老師做些什麼？」唔，這一句台詞眞是不錯。

就在此時，我被那個可怕的女人用花瓶砸了後腦勺，只聽到爆炸一般碎裂的聲音，就失去知覺。

之後我就沒醒來。我變成植物人了。雖然沒辦法動彈，沒辦法睜開眼睛，也沒辦法說話，不過，我的腦子可是清醒的。睡在醫院的病床上，我反覆想著，爲何就是迷戀年輕男孩子呢？年紀大的男人不但自大、現實、無趣，而且遲鈍、發福，完全缺乏自知之明。與這種人交往，別說是乏味，簡直是噁心，如果再嫁給這種人的話，根本是葬送自己的人生。

不是有一支Take That的MTV裡，五個人被綑綁在河邊，任由一個美女玩弄，最後被推下河嗎？那個就是我的夢想。如果是英俊的少年，被美女折磨不但是一種光榮，也應該是一種樂趣，當我正在割其中一個的鼻子的時候，其他四個一定心臟怦怦跳，心中想著等一下不知道會怎麼處置我哩？然後臉孔就整個漲紅了。多可愛！不過，一次要找五個似乎不太容易，目前嘛，找到一個就算一個了。

「要跟五個男孩子一起玩嗎？」彷彿心電感應一般，小光馬上就知道了我的心思。「沒問題，交給我就成了。」

小光說我一定會醒來的，他每天都來醫院看我哩！如果是那種腦子裡只有自己，凡事都斤斤計較的老男人，才辦不到。

「可是啊，老師眞愛的只能是我一個人喔！」小光說。

眞是太可愛了！爲了這樣可愛的小光，我一定要趕快醒來才行。

2001年的男人運

菅野美穗／田邊誠一／押尾學

給我男人其餘免談

二〇〇一年是受詛咒的一年！

被公司炒了魷魚，這個不是最倒楣的，很多人都丟了工作，這是因爲全世界都走了霉運的關係，可是，不管這個世界上發生什麼天災人禍，滅門血案、連續殺人分屍、畸形兒、愛滋病、地震、洪水、火山爆發、內戰、大屠殺……都不是最不幸的，都不是因爲受了邪惡的宇宙磁場詛咒，唯一被詛咒了的人是我！那個穿著羽毛外套的女孩悲傷地大聲喊。因爲失去了男人運，以至於整個人生都變得灰暗，與其說灰暗，不如說徹底地腐臭壞死。

「要俘虜一個男人，根本是易如反掌之事。」那些曾經被稱爲魔性之女的傢伙們，現在都怎麼樣了呢？不管是松田聖子也好、葉月理緒菜也好，一個個灰頭土臉。一旦丟了男人運，全部一文不值。

無論如何，今天都要和這個男人發生關係。站在男人的門外，她突然賭氣地想著。就算要用非常的手段也行。

浴室傳來從蓮蓬頭灑下來的唏哩唏哩水聲。女孩子走進去，嘩地拉開浴簾，臉孔長得很像男人的女人在裡面洗澡。

「喂，把那個毛巾拿給我。」女人向她喊著。

跟著女人走出浴室，那男人坐在床上抽菸。

「你們在做什麼？」女孩氣憤地說。「我也要加入。」

「啊，沒有男人運的女人來了。」男人說。

「就算臉孔長得漂亮也沒有用，」男人臉的女人皮笑肉不笑地說。「再醜陋、愚笨、低下的男人都會恥笑你。」

「你們不能這樣對我，」那個女孩一邊扯著男人腿上的毛一邊哭著說，「你們這些禿鷹！」

「眞是沒有一點自尊。」男人臉的女人說。

「我要叫以前的男朋友來殺死你們！」她哭喊起來。「殺死你們，把你們的屍體剁爛，不要臉的傢伙，討厭！」

女人從流理檯上拿起菜刀，在女孩子的鼻子前晃著。「拿去，」她不耐煩地叱喝著。「用這個刀來殺死我們啊，就憑你這個笨蛋。」

男人臉的女人把菜刀扔在地上。

「沒有男人的女人一點用處也沒有。」那個男人說。「不如用那把刀自殺吧！」

冷笑從男人臉的女人的鼻腔發出來。

眞的是這樣子的嗎？眞的是這樣子的嗎？沒有男人的女人一點用處也沒有？一遇到想不出答案的問題，女孩子突然打起瞌睡來。

那個女人不是自以爲了不起嗎？爲何也要像臭蟲一樣黏在男人身邊呢？

女孩回去找她那個青梅竹馬的男孩，那個傢伙也吃過男人臉的女人的虧。

「我要用這把刀子，把那個女人劃成花臉！」女孩咬牙切齒地說。咦，爲什麼刀子還在我的手上呢？一點也不記得。爲什麼刀子上還有血跡呢？怎麼從男人的家裡跑出來的，完全沒印象。

「那個女人啊，本來就不好看。」男孩淡淡地說。「問題不是出在臉上面。」

「說得也是。」女孩點頭，那麼問題是出在什麼上面？

「小亞你既然這麼沒有男人運的話，乾脆試試女人好了。」男孩說。

女人嗎？

「就試試看那個女人好了。」男孩說。「起碼，她的臉還長得像男人哩！」

噢，跟那個女人在一起，一切都會好起來嗎？不需要再去求男人留在我身邊嗎？不知道爲什麼，那個女人很有男人運，如果跟她在一起的話，被她吸引來的男人總有一個也會對我有興趣吧？不不不，怎麼想到的又是男人呢？哼！憑什麼男人覺得女人一定要有男人才行？就因爲大家都這麼想，我才會被輕視的。

女孩又昏昏欲睡起來，刀子掉落在地上。那個血跡是誰的？是男人臉的女人，還是穿皮衣的男人？如果要從這兩個人裡面選一個人來殺的話，我到底會選誰？好討厭，如果不是在聖誕節被男朋友甩掉的話，今年應該是幸福的一年吧？

大和拜金女

松嶋菜菜子／堤眞一／東幹久

女子虛榮無罪

雖然提著才剛從倫敦買回來的Burberry狗籠，但是卻還沒有找到搭配的狗。好像看到了純種的西班牙獵犬，卻老覺得一定還有更珍奇的蝴蝶犬，總之因爲覺得必然有可能得到比眼前更名貴的品種，就不願意屈就眼前的貨色了。對於男人也是一樣，以我的美貌，追求者不乏公司小開或是前途有爲的技師之類的，可是，一流企業的繼承人、紅牌律師或醫生、政治權貴這一類珍品卻付之闕如。

之所以去考空姐，就是爲了藉工作認識有錢人，所以了，經濟艙的客人我是不多看一眼的。我也時常參加聯誼活動，那個人就是我在聯誼活動中認識的，沒想到他根本不是什麼外科醫生，只是一個賣魚的，我竟然爲了他放棄醫院小開東十條先生，眞是可怕。這就像方才說的物色狗一樣，又好像找停車位，老覺得前面或許有更近的位子，結果到頭來連前面看到的也沒了。

「雖然櫻子你是個愛慕虛榮的女人，但是我不介意。」那個死賣魚的傢伙厚顏無恥地說。「現在的年輕女孩不也是出賣自己的身體換取男人的金錢嗎？然後把大筆鈔票花在名牌商品上，這種事情大家早已見怪不怪了。所以我也不覺得櫻子你有什麼不對的。」

我一聽惱羞成怒，這是什麼話，竟然說我與那些做援助交際的女子無異，簡直是神經病。我出身貧寒，但我生來就自知這是個錯誤，造化弄人，我應該是英國或者西班牙的公主才是，我天生對貴重的東西有品味，越是名貴的物品越是適合我，這說明了什麼？我與富貴的相配這件事，超過了一切，超過愛情也超過現實。那些做援交的是些什麼傢伙啊？醜怪粗俗，怎可與我相比！

我氣得把冰凍旗魚塞進他的嘴裡，叫他不要出現在我的面前。他聽了苦苦哀求，說一定會努力賺到能讓我幸福的財富。

「要弄到足夠讓我滿意的金錢，光是這樣做死工作，或是領死薪水，就算花上一輩子也得不到的，何況我哪裡有那麼多耐心等你呢？」我輕蔑地說。

「要我去搶銀行、挪用公款或者任何非法的事情，我是做不到的。」他說，「我什麼事情都可以做，雖然看起來懦弱無用，但我是個頂天立地的男人，違背良心或者是傷害人的事，我絕不允許。」

眞是個白癡！「誰叫你去爲非作歹，就憑你？」我不耐煩地說，「我是說你何不出賣自己來換取金錢呢？看看你自己值多少錢吧！」

他聽我這麼一說，立刻到牛郎俱樂部工作，結果不但沒賺到一毛錢，還先被騙了一筆入會費，俱樂部那邊先安排了一位美女充作客人來光顧他，讓他信心大增，後來便清一色是一些腿肉肥垂卻力道強勁的阿婆，一旦他力不從心，便騎在他脖子上咒罵不停，鞭打他的屁股。因爲被阿婆們聯名抗議表現太差，保證金全部被扣除，還賠上大筆金錢。

「我盡力了。」他垂頭喪氣地說。

「笨瓜，」我說，「叫你出賣自己就是眞的出賣自己的身體，你到底在想什麼。」我說的出賣身體，其實是向保險公司投保，然後再剁斷自己的手掌或手臂（自然是越多越好）領取保險金。

東十條先生是個不折不扣的君子，被我甩了以後仍沒有對我忘情，不在乎我和那個低三下四的傢伙交往，仍然向我求婚，因此他要求見我的父親。這眞是麻煩，平日我僞裝成上流社會的小姐，實際上我父親只是個鄉下漁夫，這種事實怎麼能讓東十條先生知道呢？因此我要父親自稱是國外輪船的船長，並且強迫他學習洋文和國際禮儀，沒想到他資質愚劣，不是這塊材料，怎麼都學不會，只好在東十條先生來時謊稱家父外出，其實將他關在冷凍庫裡。誰知道東十條先生堅持等他回來，一直等到深夜才離開，我父親的冷凍屍體已經可以保存到下一世紀了。

至於歐介，那個賣魚的，爲了領傷殘保險金，找人砍斷了四肢，但是被保險公司識破，最後沒領到一毛錢，還被控詐欺。我想有人天生沒有發橫財的命，不只是歐介，我自己也是，領悟到這一點，我看破了一切。原本爲了錢，我就不在乎男人長得什麼樣子，奇醜或肥胖都無妨，現在我連錢都不在乎了，何況男人的外表，就算沒有四肢也沒關係，誰叫人生就是這麼無奈。

三十拉警報

江角眞紀子／反町隆史／椎名桔平

一個都不能少

好想談戀愛！

女人自某個年紀開始，就會陷入一種非談戀愛不可的情緒，打心底覺得非得有男人來愛不可，如果總是無法如願，就好像人生的殘廢一樣。過了某一個年紀以後，又陷入一種非結婚不可的情緒，想結婚，想有自己的家庭，想生小孩，就好像中了魔咒一樣。只要是有對象願意結婚就可以，甚至有這種自暴自棄的想法。我的朋友冬美，雖然人長得很漂亮，但是戀愛路一直不順遂，好不容易交往的男人，後來都發現有令人無法忍受的毛病，做愛的時候會一直流鼻血流不停、一直吵著上網競標象人的屍體，不然就是感染急症暴斃，或突然去變性等等。最近交往的難得是個個性好、相貌也英俊的來自沖繩的男人，但是他曾被母豬精騙上床，沒辦法，母豬精化身成老闆的女兒，凡人怎麼分辨得出來嘛！不幸跟母豬精發生關係以後就受了詛咒，所以從沖繩逃出來，他不敢跟其他的女人結婚，怕被母豬精報復，到時候他一定會死的。那男人很怕死，不得已兩個人只好分手。

我最近產生覺悟。女人之所以想戀愛、想結婚生子，全是一種陰謀，作爲一種生產工具，時候到了就萌生想要愛情和男人的心理，像懷孕時非要吃到酸的東西不可一樣著魔，其實是一種不實際的幻覺。全是假象，騙人的。一旦以爲那是眞實的感覺，而被男人牽著鼻子走，最後還結婚生了小孩，到頭來幻覺解除以後，後悔也來不及。最糟糕的是我們這種超過三十歲的女人，就像刺耳的警鈴不停大作令人全身發毛、精神衰弱一樣，如果不立刻把火勢撲滅讓警報解除，彷彿就會無法克制地有把頭子割斷自殺以圖平靜的衝動。

識破這個咒術的眞相簡單，但從咒術中脫身卻很難，我得到了一個辦法，多虧了印度的瑜珈，爲了讓(那個受世俗觀念影響而執迷不悟的)身體人格和靈性神我分離，我苦修了很久仍不得其門而入，但是現在卻已經可以飄浮在空中了，不是一點點高度喲，不過頭還不至於撞到天花板就是了。這件事對打破想戀愛的迷思沒什麼幫助，但是很有趣味，是尾牙的時候很好的餘興表演。

原本以爲像我這樣已經不再年輕、行情下跌的女人，大概是無法得到心中白馬王子的青睞了，最好是現在多存一點錢，然後誘拐一些年輕貌美的男孩子，靠吸他們的血維持美貌……，沒想到就好像實行人工受孕的女人要麼一個都生不出、一生就是生下雙胞胎（甚至更多）一樣，突然間同時有兩個很好的男人愛上我。現在好了，我得從兩個當中選擇一個，我兩個人都愛，這個決定眞很難。

慢著，為何我一定要在久我先生和宗一郎當中選擇一個人呢？他們各有各的好處，誰說我不能兩個都要？男人通常理直氣壯地擁有好幾個女人，任誰也奈他何，雖然法律規定是一夫一妻制，但私底下包二奶的男人多得不得了不說，公然不知恥地擁有小老婆的男人還當上大官呢，我為什麼不可以？我這麼告訴冬美和春子，沒想到她們都不贊成。「夏樹，你鬼迷心竅了，不能因為要彌補你以前一個都沒有，現在就兩個都要啦，即使他們願意，你也不能嫁兩個人，這個世界對我們女人是不公平的。」她們說。但她們畢竟是我的好朋友，我今年的生日她們送了我一個大禮，特別去沖繩請了母豬精幫忙，使時光倒流，久我先生和宗一郎成了一個人，但是有兩個頭。我很喜歡這個組合，有著久我先生和宗一郎的頭耶，好可愛喔！不過即使是脾氣再好的兩個男人，成天在一起還是會吵架，那個時候我就飄浮起來，進入冥想的境界。

戀愛中毒

藥師丸博子／剛本健一／鹿賀丈史

羅曼史狼皮書

女人假釋出獄以後，就立刻去找她的丈夫，她一直愛著這個人。不過女人不知道男人早就背叛了她。

男人其實很無辜，本能上他嗅出有逃走的必要。這時候他又有了一個情婦，而且把她的肚子搞大了，他很怕被出獄的老婆知道。

大部分的女人入獄是爲了替亂開空頭支票或者因爲搶停車位而戳瞎別人眼睛的丈夫頂罪，但這個女的坐牢的原因是，她寄了一個死嬰兒給丈夫外頭的情婦，情婦見了死嬰兒以後驚嚇過度變成了精神病，即使律師堅持嬰兒不屬於保育類也無法挽回。

男人生來就了解一種眞理：愛情到了某個階段，一定會進化成淡而無味的境界。因此他們不贊成隨意往裡頭加調味料，而寧願另外叫一盤提拉米蘇。

那個女人只要一陷入戀愛，就會變成嗅覺、聽覺和視覺都很靈敏的動物，就像夜間也可以看得見東西一樣，就像從男人的背後也可以看見男人的臉一樣。

好比有些人在童年的時候就發現自己有陰陽眼，可以看見一些常人看不見的可怕東西，初開始感到不可思議、恐怖和驚懼，久了以後，則深怕自己錯過了什麼重頭戲。

男人不太能忍受女人從背後投射而來的具有穿透力的眼光。有時候男人會驚恐地擔心起自己是不是穿錯了情婦的內褲回來。

一旦女人靠近過來，男人就產生反射性的驚嚇，雖然女人以溫柔的聲調呼喚他，他仍很清楚藏在女人身體裡的某些不可思議的基因，好像什麼時候背地裡，背地裡女人其實會變成狼人。這種感覺很糟糕，即使連痔瘡開刀的恥辱也比不上。

有些女人有這種狼人的血統。誘使她們變成狼人的方法，只要讓她們聞到血的味道，那個味道會喚醒她們。

如同那些從被扯斷喉嚨的動物傷口流出來的血的味道，愛情一旦發生，要不變成枯燥無味而永久持續下去，就必須變成痛苦。那是保存愛情的防腐劑。

有時候我們會不清楚，當下發生的這是不是戀愛。因爲太多時候我們變得脆弱、孤獨，需要有人施予援手，那會使得我們得到暫時性的精神錯亂。

如果這是戀愛，當那個人一離開視線就令人感到不安。我們爲了保護自己不被毀滅，一定要長出利牙，把所有加諸在我們身上的痛苦都撕裂。

有些男人不相信這種傳說，他們認爲大部分電影裡頭扮演狼人的演員的化妝都糟糕得不堪入目，他們甚至分不清楚那到底是狼人還是長毛猩猩。

也許女人會碰到一個這樣的男人：不把女人會變成恐怖狼人這回事放在心上的男人。女人這會兒乖順地坐在地上，像是一隻栓著頸圈的溫馴的家犬。當主人把一根骨頭丟出去的時候，她會快樂地追過去，先聞聞那上頭的，染了男人手指的香菸味的小戰利品。

男人並不擔心女人什麼時候會打開封印，用獠牙去攻擊他的其他女人，天曉得，也說不定她們可以互相撕咬到死。男人有時候會想到曾經養過的鬥雞，那種生病了的，沒有戰鬥力的雞，他會把牠宰來吃，雖然肉很少。

男人在書本上讀到中世紀對付狼人的方法。他們在會變成狼的女人胸前燙上狼爪的烙印，然後把她的皮剝下來，將她的罪行寫在剝下的毛皮製成的書本上。

有的書放置在博物館裡，作爲研究人類學的一種參考，大部分的則不太經用，包油條的時候，那種詭異的臭味並不受歡迎。

戀愛奇蹟

菅野美穗／葉月里緒菜／荻原聖人／田邊誠一

美神

一切都是從我那位遠房表親，那位擁有驚人美貌的少女，搬到我家開始的。

我生長在一個非常幸福快樂的家庭，父母很疼愛我，因此雖然青春期以後體型就開始橫向成長，逐漸變成一個超級胖子，不敢再和男孩子說話，但也沒有變成一個脾氣古怪、憤世嫉俗、自暴自棄的變態。我自知算不上樂觀活潑，但摸著良心講，覺得自己多少是個善良可愛的女孩，然而這一切卻因爲表姊的來到而改變了。表姊的美貌不是人間俗物可比擬，簡直恍若天上聖女，有一對寶石般燦亮的眼睛，臉頰如粉櫻，皮膚潔白無瑕，我爸因爲她變得神經錯亂，我媽認爲她有巫術，隻身跑到表姊的故鄉去查訪，竟然摔下火車月台而被輾死。我傷心欲絕，她爲何不去僱用徵信社，或者放消息給狗仔周刊呢？他們肯定要比她專業多了。

對的，狗仔隊應該會對我表姊有興趣，她是一位非常被看好的少女明星，她超凡的天使美貌和能蠱惑人的笑容連我也迷醉。許多同樣美貌，甚至不及她美麗的女星，都因爲矯揉做作、表裡不一，背後被人厭惡不堪，但她雖然相貌與心腸簡直是天壤之別，卻始終沒有引起疑竇，眞是可怪。

爲了防止她再害人，甚至揭發她的眞面目，於是我也加入演藝圈，費盡心思，無所不用其極地貼在她身邊，只要她參與的演出，我就也要加一腳。你當然可以說這種做法自不量力，那麼多身材姣好、性感亮麗、多才多藝的女孩想擠進演藝圈不可得，像我這樣的胖子也想湊熱鬧是天方夜譚。然而不可思議的事發生了，我竟然大紅大紫，受到從小孩到老人一致歡迎。人們都說我溫柔且感性，樸實率眞，活脫脫是鄰家女孩的代表，有著散發出清涼甜香的湧泉一般令人既安心又振奮的氣質。唉，每天都有雪片般飛來的信件索取我的簽名照，走在路上隨時有人向我微笑招呼，廣告片也拍個不停呢。

我表姊對此深感嫌惡，「醜八怪，照照鏡子看看你的樣子有多噁心，眞是人醜心也醜。」表姊在化妝間裡怒斥我，「只會爲了求別人喜歡而活下去，一點也不知道自己有多醜惡，以爲受到歡迎就高興了，沒有半點自主性。」我有如當頭棒喝，對啊，人們不喜歡我的時候，我就爲自己的醜態悲傷，人們捧著我，我就爲自己的肥胖得意，以爲自己很有尊嚴，其實跟廟裡供著的豬公一樣，我大哭了很久，決定去減肥。

有人介紹了一家整形醫院給我，畢竟像我這樣的胖子，要靠節食健身來減肥，不但時間漫長，也未必見效，還是全身抽脂整形來得快。不幸的是，這件事被狗仔雜誌揭露出來，而那家毫無職業道德的整形醫院也趁機大作廣告，我的名聲大受損傷，我才發現這必然是我表姊的陰謀。我打算去質問表姊，卻無意中發現了表姊的祕密過去。我表姊竟然原來也是個醜八怪！

表姊生下來奇醜無比，不但被母親視爲眼中釘，在學校更是備受欺凌，有一天她鼓起勇氣向喜歡的人表白，結果不但被譏笑羞辱，還慘遭那些男孩子輪姦，將她綁在荒廢的空屋裡餓死。她厲聲向那些人宣布，她死後三日必定復活，審判將會降臨。表姊果然復活了，並且如她所願的，以她最希望的形貌出現，史上超絕美聖少女。

知道了表姊這個祕密，我大受感動。所有活著的時候被欺凌、遭到不公平的對待、被背叛、冤屈、被折磨慘死的女人，都發誓成爲厲鬼來報復，因爲模樣越是醜惡的鬼怪越恐怖，越能讓人嚇破膽，只有表姊對美的追求始終堅持，她沒有死後變成醜女鬼，反而復活成爲美神，太令我讚嘆了。唉，希望我因爲抽脂產生的水腫消退了以後，能出落成爲美人，那些狗仔隊又算什麼呢！

神啊！請多給我一點時間

金城武／深田恭子／仲間由紀惠

異形的結晶

女高中生很迷一位音樂人，爲了看他的演唱會，只好進行援助交際籌錢買票。不過這是女高中生第一次做這種事，對象是上班族男人。

「沒想到你長得這麼壯。」上班族男人洩氣地說。「而且你長得好像我小阿姨，我小時候最討厭她。她的臉上有一根長毛。而且她喜歡戳貓眼睛，所以附近的貓見到她都會嚇得發出號哭一樣的叫聲，聽起來好恐怖。」

「我長得不漂亮嗎？」女高中生不悅地說。

「我原本想找一個可愛的、皮膚白皙的女孩子，用好聽的聲音對我說話，頭髮發出淡雅的香氣，毛不能太多，肚臍眼要乾淨，肚臍眼最容易臭了，最重要的是，對我的動作要溫柔，那樣我一定會感動得大哭。」男人哭喪著臉說。「可是，結果呢，我碰到的都是你們這種腦子裡只有錢的強盜，而且全是粗野不堪，嗓門粗大，笑起來嘎茲嘎茲的女孩子。有的手指發黃滿是噁心的菸味，有的臉上塗了令人作嘔的黑油，有的鼻毛還露出來，還有得香港腳或是屁股生瘡的……」

女高中生用鼻子哼了哼氣。「你找過的女孩子還真不少。」

「總之，我不想浪費自己珍貴的情感，我要走了。」男人站起來。

「你要幹什麼？」女高中生驚慌地說。「你還沒給我錢，我需要這筆錢，今天就要。」

「看吧！你們的腦子裡只有錢，自私又無情的動物！」男人搖頭說。

女高中生撲上來，把男人壓倒在床上，把男人的衣服脫光。男人在被欺侮的過程裡不停地鬼叫：「你不能如此對我，我的心中還留存有對溫柔的愛的期盼……」

雖然後來女高中生順利看了音樂製作人的演唱會，而且不可思議地在路上巧遇對方，又贏得了正處在低潮的英俊製作人的愛，卻不幸發現自己得了愛滋病。

是那個上班族男人傳染給她的。只做了一次就發生這種事，未免太倒楣了吧，班上那些做了幾百次的卻都好好沒事，這個世界毫無公理可言，女高中生悲傷地想著。

由音樂製作人一手捧紅的女歌手對兩人的戀情十分不滿，處處從中破壞。

「喂，你可不要往自己臉上貼金喔，」女歌手說。「啓吾是我的人，我們兩個的關係，可不是你能想像的。」

雖然女歌手造成兩人許多誤會和裂痕，但是音樂製作人對她的態度冷淡，顯然就算以前兩人有什麼，現在也沒了。女歌手因此悲痛萬分，陷入神經衰弱狀態，因爲情緒低落和憂鬱症以至於得到暴食症，每次暴食之後都催吐的結果，下巴變得鬆弛，常常合不攏，在鏡頭前屢次不小心流出口水。

女高中生發現自己懷孕了。我要生下和啓吾的孩子，女高中生這麼決定。

「我詛咒你，我詛咒你一生下孩子就會死。」女歌手大喊。

女高中生相信詛咒，再也沒有比一個自認被愛情傷害而瘋狂的女人的詛咒更靈驗的了，她們有可能用自己身上的器官去和南美洲山裡或者南極附近海底的巫婆談買賣，換來讓情敵毀容、殘廢、生狐臭的靈藥，或者她們有耐性自己在家裡每天念三千遍要對方七孔流血而死的咒語。不管是什麼廢話一天念三千遍就算沒有巫術法力的人都可使之變成靈驗的咒語。

女高中生知道自己生下孩子之後就會死亡，因此不敢生下孩子。

「那麼，讓孩子在肚子裡死去好了。」音樂製作人悲傷地建議。

「不行，我要讓這個孩子活著。」女高中生堅持。神啊，請多給我一點時間，讓這個孩子留在我身體裡。

結果嬰兒在女高中生的肚子裡一直成長，女高中生的肚子已經大到必須由兩個男人來抬才能移動了。

「眞是個異形嬰兒啊！」看到的人都這麼說。「有三歲了吧？」

這的確是異形的孩子喔，因爲愛情就和異形一樣。女高中生想著，這是一個印證了愛的孩子，印證了愛情裡必然存在的期待和背叛，自私和暴戾，忌妒和詛咒，佔有和永恆。

101次求婚

浅野温子／武田鐵矢／江口洋介

愛情的不死鳥

五短身材醜男下定決心追求高挑美麗的優雅女大提琴家。

所謂的愛情，大多數的時候都有兩個人「認知不同」的差距，即便只是微小的差距，最後也是演變成一個人的執念吧！

「我不會死的，因爲我愛你，所以我不會死的。我會讓你幸福的。」五短男人爲了證明自己的愛，一邊說著，便跑向衝過來的大卡車前。女人嚇得尖叫起來。

本來，大卡車應該緊急煞車停下來的，但眞實的情形是，大卡車雖然煞車了，卻沒有剛剛好停在男人面前，而是把男人撞倒以後，還拖行了數十公尺。

唉，大話不是可以隨口說的喲！女人想著。

第二天早晨，女人準備出門，卻被眼前的景象嚇了一大跳，那個傢伙好端端地，站在自己門外。

「你不是……你不是死了？」女人口吃地說。

「我不是說了嗎，我不會死的。」那傢伙嘻嘻笑著說。

昨天明明是被卡車給撞死了，送到醫院的時候已經斷氣啦！醫院確實說送到太平間裡去的嘛！

難道是送到太平間的中途，突然醒了過來了？這種事情也不是不可能發生。有的人甚至入了棺材以後才活過來。即使心跳和呼吸都停了，也有可能死而復生，應該就是這樣。

不對，那個傢伙被卡車輾過的時候，手腳都斷了，肚子還破了大洞，腸子都跑了出來，那時候還想，原來人們常說肚破腸流，就是這麼一回事，恍然大悟了一番呢。就算沒死，也下不了病床吧？再怎麼說都得躺個十天半個月，不可能如此活蹦亂跳。

老實說，女人打個哆嗦，老實說，他看起來就好像什麼事也沒發生一樣。

一時之間，有種「昨天可能是弄錯了」的感覺。好像對這種不可思議的事情也可以接受。這個男人確實是活生生的站在面前，這總是事實。

「我今天很忙的，晚上我有演奏會，許多重要的外賓都會來。」一旦接受了「昨天晚上的事情大概是誤會，一切都和以前一樣」的現實，不耐煩的心情也就恢復原狀了。「請別再來煩我了，我還跟別的人有約。」女人說。

「我會保護你的，」男人溫柔地說。「我會給薰小姐幸福。」

晚上的音樂會非常隆重，因爲有國外的貴賓前來欣賞，第一排坐滿了政商名流。女人穿上貼身的絲緞禮服，顯得分外惹人憐愛。

就在全場如癡如醉地沉浸在美妙的音樂中時，突然發生了爆炸。嗯，既然是有外賓爲了重要的政治和經濟議題來訪，恐怖分子當然是一定要共襄盛舉嘛！很快地全場就變成火海。五短男人衝上台，抓住女人的手。雖然比女人矮很多，男人還是用肥胖的身體從背後護住女人。

「我的大提琴！」女人驚恐地喊著。

「那個東西就不要在意啦！」男人爲難地喊著。

女人覺得有燒肉的味道從背後傳來，這才發現男人的背上已經燃燒起來了。男人有如火團一般倒下來，女人尖叫著從壓著自己的男人身體底下爬出。

無意識地奔回家以後，女人大哭了一場。

第二天中午，門鈴響了以後，女人打開門又見到五短男人。
「對不起，我睡過頭了。」男人搔著頭靦腆地說。
女人覺得眼前發黑。「我以爲你死了。」
「你怎麼會那樣想？」男人驚異地說。「我不是說了，我不會死的，因爲我愛你，我不會死。」
總之，在那以後，男人爲了保護女人，發生過許多次意外，包括被捲進渦輪，被崩塌的石頭活埋，被歹徒亂刀砍死，被雷擊中……不管怎樣，第二天一定會完好地出現在女人面前，精神奕奕。我可是打不倒的喔，爲了守護薰小姐，我可是不死之身哪！好像這麼說地笑著。只要薰小姐答應我的求婚就好了。
女人在開始的時候，因爲這樣恐怖的非常差點崩潰，有一度曾經想自殺。如果這個傢伙不會死，那麼我自己死算了。
不過，吞了一瓶安眠藥以後沒有死，只是睡了三十六小時，醒來以後，女人覺得讓男人以爲自己爲了他而死，未免貶低自己的身價。
久而久之，對男人周而復始的慘死又復生，女人也就習慣了。

廉價的愛

反町隆史／鶴田真由／吉澤悠

立地成魔

女鋼琴教師說她再也受不了平淡呆板的生活了。一個人怎麼能一輩子都沒有嘗試過一點大膽、刺激、不可預測而又不正直的生活呢？「請不要再逼我做一個乖女孩了，我要冒險！」女鋼琴教師激動地對她父親說。她父親嗤之以鼻。「你的頭腦太簡單，才會以爲自己面臨莫大的掙扎。」他說，「你以爲冒險有那麼難嗎？你試試逃一些稅看看。」

後來她被父親強迫去相親，對方各種條件都不錯，人品也很好，和女鋼琴教師的父親非常投緣。「我打算成立一個世界性的道德重整團體。」他說，「現在我正在著手制定一套嚴謹的道德規範。」依照他的想法，凡是不符合規範的人，便把他們裝進一個甕裡封起來，並且一直播放比吉斯的唱片直到他們忍受不了願意恢復高尚的情操爲止。他對女鋼琴教師這樣具有舊式美德的女性非常滿意，因爲從他的紅外線透視眼鏡看過去，這是他見過第一個沒有穿魔術胸罩的女性。

女鋼琴教師在路上看到一個流氓，他把一個女明星推倒，並且踢她的胸部。這實在太可惡了，女鋼琴教師鼓起勇氣上前阻止，但後來她才弄清楚因爲女明星做的假胸部缺乏按摩已經硬化得跟石頭一樣了，必須要用腳用力踢才行。回家的路上，女鋼琴教師思索著，什麼是善，什麼是惡，其實沒有一定的標準。這是一個極其複雜而幽微的問題。

女鋼琴教師因此愛上了流氓，並且認爲這是她打開冒險生活的入口。流氓因爲欠了一大筆錢，只好聽從僱用他的老闆指示，進行一些非法勾當。老闆要他將一只皮箱送到酒店去，半路上因爲好奇他偷偷打開箱子偷看，結果裡面是一整套以「史坦尼斯拉夫斯基(Stanislavsky)的藝術以辯證法(la dialectique)的結構特色作爲一種反動心態的邏輯系統」爲題目的一整套論文。雖然他很想知道史坦尼斯拉夫斯基的藝術以辯證法的結構特色作爲一種反動心態的邏輯系統究竟是什麼意思，卻忍耐著沒有把它們偷走。

「你果然沒有讓我失望，當年我的老大也是用這個方法來考驗我。那時候我也忍不住打開箱子偷看，發現全是麥當勞剛出爐的早餐漢堡。天哪，剛做好的早餐漢堡最好吃了！因爲從來沒有辦法在早上十點半以前起床，已經很多年沒有吃到早餐漢堡了。」老闆說，「然而我卻沒有偷吃，甚至沒有貪聞它們的味道而趕快關上箱子以免溫度流失。」這時他把眞正的任務交代給他。他們和中國黑幫的買賣約定在女鋼琴教師任教的學校，當對方在某一間教室彈奏《小蜜蜂》作爲暗號時，這邊要彈奏拉赫曼尼諾夫的《第二號鋼琴奏鳴曲》作爲回應，「這太不公平了，爲何他們可以彈奏那麼簡單的樂曲呢？」流氓大喊。但是中國那邊非常堅持。女鋼琴教師鼓勵流氓接下這個案子，「這眞是太刺激、太罪惡、太不道德的生活了。」她激動地想著。流氓在女鋼琴教師的教導下，日夜勤練，終於能彈出這首曲子，只是速度比較慢，但是光是彈奏出第一小節就要花費四個小時。進行交易那天，他們卻遭到出賣，有人魚目混珠地彈奏了李斯特的《第二號鋼琴奏鳴曲》，使得交易破裂。兩人還遭到中國黑幫的追殺。

不僅如此，女鋼琴教師的相親對象也不放過他們，由於不滿被那樣沒有道德的男人搶走幸福，相親對象竟然偷襲流氓，他駕駛一輛大型挖土機偷偷跟蹤流氓，趁他專心搔背上的癢癢時把他給輾了過去，還倒車又來了兩回。女鋼琴教師明白有些自命清高的中產階級知識分子還不如一個低學歷的流氓擁有眞正的美德。她繼承了他的遺志，成爲第一個和中國黑幫結爲同盟的女性鋼琴家，並且得到在北京奧運會場賣香雞排的權利。

再見舊情人

藤原紀香／阿部寬／大澤隆夫

看看舊情人為我們帶來了什麼？

爲何有些人會回頭去找他們的舊情人？當然他們一開始必然是有些吸引人之處，像珠寶店門市小姐原明莉的一位主管，他一直無法忘懷他的初戀情人，因爲她總共有三個乳頭，其中一個還會以低沉的嗓音說出「撒旦即將降臨人間」。雖然他現在已經忘記到底是哪一個乳頭會說這樣的話了，但至今仍懊悔聽信「有三個乳頭的女人是女巫」的讒言而甩了她，現在他只好以按肚子會發出「米老鼠祝你生日快樂」的迪士尼玩具來聊表安慰。明莉與舊情人再度重逢才發現自己對這個男人無法忘情，說眞的，他的喉結實在是長得恰到好處，正好在脖子上。有一些舊情人的優點我們在與他們交往時並沒有覺察到，而是分手以後才發現，但更多時候是他們在與我們分手以後才跑去整容，或者得到一筆遺產的。

明莉一直保留舊情人的手機號碼。是否要保存舊情人的手機號碼自然是見仁見智，這個號碼什麼時候會有用很難說，人類的智識有限，無法預測未來發生的事，雖然通常很多事情都是在預料之中，比如說，我們看到麵條變軟了就知道煮熟了，但是義大利麵就變得比較複雜。有一次明莉的朋友夢見愛波羅尼亞(她是一位因爲不願意背棄基督而被拔掉牙齒的殉教徒)來告訴她下一期的六合彩中獎號碼就在她的舊冰箱裡面，很不巧的她當天下午才把那個冰箱丟掉，因爲放在冰箱裡的前夫的頭已經開始發臭了。有些人會保留舊情人留下的東西，當然那必須是比較値錢的，比如明莉的某位女同事便保留了舊情人的一枚完好的腎臟，儲存在一個印度人身體裡，隨時可以取出來用。

明莉和舊情人上床，且感覺不錯。你可能會問，跟舊情人上床能有什麼樂趣？一般而言，除了少數性慾狂的男人，舊情人應該是上床對象的最後選擇，但是因爲以前他們兩個上床時就不覺得是在和對方做愛，多半女的會把對方想成布萊德彼特，而男方則把女的想成葛妮絲派特洛，即使如此，日子久了也會厭煩。因此這次兩人產生了不同過去的新鮮感，男的那邊把女的想成珍妮佛安妮絲頓了。唔，這樣好多了，雖然葛妮絲很漂亮，但是珍妮佛給人比較沒有壓力的感覺。女的則把男的當作班艾佛列克

（因爲她不太熟悉路克威爾森的長相）。嗯，班艾佛列克比布萊德彼特看起來乾淨多了。

因爲明莉身邊的某個小心眼的女人的設計，使得她的舊情人與新情人碰面了。如果兩個男人爲了一個女人大打出手，加上一些諸如「倘使你辜負了她，讓她傷心的話，我絕不原諒你」之類的傳統台詞，肯定是令人感動的，但一開始他們談些男人應當交談的事情，像是反托拉斯、回教歷史、太陽能飛行器等等，直到討論完小甜甜布蘭妮是否性感以及加油站贈送的米酒究竟是從何而來以後就覺得時間不早了，儘管他們一直覺得好像少掉了某個爭論的主題，但始終想不起來。

阻止明莉和舊情人復合的最大原因是那男人已經結婚了，不巧的是那個老婆還變成一個瘋子。他們兩人發現自己將一個無辜的女人逼瘋了以後，感到非常愧疚，決定分手，但後來他們卻發現這個女人是裝瘋的，她看到死去父親的鬼魂告訴她他是因爲她叔父在他耳朵裡滴毒藥而死亡的，並且她母后也不是一個好東西，因此她決定裝瘋。後來她在觀賞棒球賽的時候被一個天外飛來的全壘打打中鼻子當場死亡。明莉被控謀殺，因爲較之揮棒的那個傢伙，她有較大的殺人動機。

網路情人

竹野內豐／田中美里／及川光博／藤原紀香

電子郵件怪談

女銀行職員村上雨音在二十三歲生日當天收到一封署名大舌怪電子郵件，內附一首樂曲。雖然基本上她是一個音癡，但聽了這首歌以後她的中耳炎竟然不藥而癒。已經被中耳炎困擾很久的女行員非常開心，認爲這是最好的生日禮物。當然她知道這是一封寄錯的信，但爲表感謝，她仍然寫了回信，令她驚喜的是，對方也回信過來。於是兩人展開通信，隨著通信的過程，她發現自己對對方的好感逐漸加深，尤其當她發現對方也是用BB槍射擊肚臍的愛好者的時候，簡直恨不得立刻見面。

一個叫吉田晴彥的傢伙想追求這個女職員，他發現女職員似乎愛上與她通信的對象後，偷看了她的電腦，他以大舌怪之名發了一封信給女職員，約她出來見面。女職員發現網友眞面目以後非常失望，她不相信吉田就是大舌怪，但吉田舉出他們曾經通信的祕密內容，雙方都曾經爲了觀察屁股上的蜂窩組織而扭傷了脖子，女職員再也無法否認。「但你和大舌怪的差別太大了，你應該是講話含混不清的大舌頭，但事實卻並非如此。」她說。「你怎麼會認爲一個人應該和他在網路上的身分一樣？如果我們可以掩飾眞實的身分暢行無阻的時候，當然我們要虛擬一個與眞實截然不同的人物。」吉田振振有詞說，「這就好像超人，平常他只是一個普通人，但是一旦要以超人的身分出動的時候，就必須穿上平時絕不可能穿著的緊身褲襪，而那些褲襪根本是從通化街夜市買來的，卻以舶來品的姿態出現。」

吉田爲了安撫她，解釋大舌怪其實是暗喻舌頭的靈活。女職員卻感覺若有所失，她忽然想起，似乎每次收到樂曲時，就會發生驚人的國際災難。第一次寄曲子來的時候，非洲的矛利塔尼亞發生嚴重暴動，原因起於有人挑撥兩位國會的土著比較嘴唇大小。第二次寄曲子來的時候，在阿姆斯特丹的歐盟高峰會議，討論今後凡與美國官員開會時是否應該訂購印有頭部是柯林頓而身體卻是驢子的吉祥物圖案的便當時，廁所突然爆炸。第三次收到曲子，烏克蘭發生了有史以來最大的性醜聞，一位男性已婚政府高級官員將一隻菜蟲放進一位女議員的耳朵裡，後者不堪這種曖昧的侮辱當場打了他一巴掌。全國頓時陷入混亂。

女職員爲了顧全大我，即使早就愛上了網友大舌怪，仍然大義滅親地向警方檢舉吉田。吉田被逮捕後，態度突然轉變，堅決否認他就是寄曲子的人。後來眞相大白，寄曲子的人是廣告作曲家長谷川天，但他卻是無辜的。她和長谷川天的通信確實成爲一個國際陰謀組織的祕密聯絡工具，肇因是信箱網站與一家BB槍俱樂部勾結，後者可任意進入用戶的信箱竊讀資料，事實上這個俱樂部的眞實身分是中東的恐怖組織。

女職員和作曲家原本就認識，現在才知道對方就是與自己通信的人。但作曲家卻不敢接受對方的愛，雖然他知道自己也愛上了對方。他必須面對的事實是，他已經江郎才盡了，這些日子以來他所作的曲子都毫無特色，當中完全缺乏吸引人的魅力。他自己知道眞相，但卻一直不願意面對，也不願意承認，那就是他曾經創作出的幾首成功的樂曲，都是在某種情況下產生的：他的歷任女友死亡時留下的遺言提供的靈感。比如說他的前任女友因爲罹患怪病突然身亡，她自知大限快到，緊急召喚他來，掙扎著留下一句話：「屍體在……地下室的玩具箱裡。」這句話簡直是神來之筆，屍體和玩具箱！誰會想到這樣具衝突性的連結？簡直妙不可言，他立刻跑回家寫了新樂曲，歌名就叫《屍體在地下室的玩具箱裡》。這首歌讓樂迷如癡如醉，在流行歌曲排行榜上蟬連第一名達十八個星期之久。

　　村上雨音的屍體不久後被發現，此後網路上流傳一則消息，有一位作曲家專門以施有咒術的樂曲迷惑女性，誘騙她們出來見面，再加以殺害，吸她們的血作爲靈感泉源，因此當你收到署名大舌怪的電子郵件時，切勿打開。

長假

木村拓哉／山口智子／竹野內豐／松隆子

無限期放假

這兩個人一個是混得很差勁的模特兒，一個是成不了氣候的音樂家。前者剛被未婚夫在結婚當天甩了，因爲她的未婚夫發現另外一個女人裸體的肚子比較像加菲貓的臉。事實上，我們把後者稱爲音樂家，只是圖方便而已，他連音樂研究所也沒有考上。當然，並不是只有考上音樂研究所的人，才能被稱爲音樂家，但是那有助於將發表關於Re在Do的前面，但Re也在Do的後面這類富有暗喩的論文加在自己的履歷裡面。他在入學考試的時候，有一位蛋頭學者說：「那個傢伙長得很像木村拓哉哩！」另外一個年輕一點但長得像鬼太郎的則說：「他根本就是木村拓哉。」於是他就落選了。因爲這些學院派的器量都非常狹小。

這兩個人基於種種因緣，就湊合著同住一個屋簷下，同病相憐，產生微妙的情愫。有一天，當他們哀嘆著爲何命運對待他們如此不公時，「人總有不順心的時候，或有時拿該死的痔瘡一點辦法也沒有，那時候，就把它當作是神賜給我們的一個長假吧！」模特兒說。音樂家覺得很感動。兩人以此互相鼓勵。

音樂家決定暫時放棄古典派，改投流行的懷抱，但機會並不好找。後來他發現有一個女子樂團在徵求鍵盤樂手：「無經驗可，必須是女人。」因爲是木村拓哉的臉，覺得很可以試試，果然扮成女人去應徵的時候，完全沒有被識破。這個樂團連他總共有五個成員，在他加入之後，很快就變成感情如膠似漆的好姊妹。

至於模特兒，仍舊找不到工作，很多經紀公司寧可僱用一些適合扮成外星人屍體的模特兒。後來她看到有一家減肥中心徵求胖子拍攝減肥前和減肥後的照片：「無經驗可，必須是胖子。」因爲平時吃東西就很容易胖，她覺得很可以試試，果然毫不節制地大吃下來，很快就變成超過一百公斤的大胖子。減肥中心給她拍了許多照片，有一些側躺的照片她覺得還不錯，從背面看很像融化的康熙字典，後來攝影師還愛上了她。

新年前夕，女子樂團的成員們告訴音樂家每年此時她們要舉行祭典，她們要以特殊的儀式膜拜她們的女神，並且用從女巫百科全書上學來的咒語，以男人的鮮血來獻祭。她們已經登了一則廣告徵求一位男性經理人，在除夕的夜晚要把他的肚子剖開祭祀，以祈求瑪丹娜的唱片封面錯印成她們的名字。

祭典進行的時候，音樂家與女人們一同圍成圓圈，要供奉給女神的男人被綁在中央，大家一起念咒語。不一會兒，女神降臨了，跪在中央的男人顫抖著承認她其實是個女人，因爲找不到工作，看到徵求男性經理人的廣告，就扮成男裝來應徵。因爲是女神，當場識破音樂家才是眞正的男人，於是她們一同把他抓起來脫光，剖開肚子。他掙扎著逃走，保住一條命，但是從此有疝氣的毛病。

至於模特兒那邊，減肥中心販賣瘦嬰兒細胞製成的禁藥而被勒令停業，模特兒則因此始終無法瘦下來，那位攝影師也離開了她，他原本以爲她瘦了以後可以收集一些多餘的贅皮的。

落魄的音樂家和肥胖模特兒仍舊住在一起。這已經是一年以後的事情了。音樂家覺悟流行音樂已經死亡，很想重回正統音樂的懷抱，不如此不足以證明自己的存在。但是每當他想彈奏拜爾鋼琴教本的曲子時，只會從音箱中發出類似「本日公休」的聲音。模特兒了解他的心情，拿出經典句子來安慰他，「人總有不順心的時候，或有時拿該死的痔瘡一點辦法也沒有，那時候，就把它當作是神賜給我們的一個長假吧！」

「這個假期會不會長了一點？」音樂家說。

「嗯，確實是……長得不得了啊。」模特兒點頭。

女婿大人

長瀨智野／竹內結子／鈴木杏樹／篠原涼子

完美馴服

我從小就很迷偶像，小學的時候最喜歡買偶像的照片隨身攜帶，把海報貼在天花板上，睡覺的時候看著他們入眠，當然我也幻想我變成他們的女朋友，和他們到海邊兜風，或是在月亮下接吻。就像所有我的同學一樣，我也會自稱某某太太，把偶像的姓冠在自己的名上，但是那時的我畢竟還是小孩子，不曾眞的體會嫁給那樣一個萬人迷的心情。

所以，剛被選上「最想擁抱的男人」第一名的超人氣歌手裕一郎說要和我結婚的時候，我心裡一方面感到很幸福，一方面也有疑惑。我的姊姊們很不以爲然，但是裕一郎的決心很堅定。男人是很狡猾的動物，我姊姊說，你以爲在美國西部馴服野牛或者野馬，只要騎在牠們背上，直到牠們認輸，乖乖俯首稱臣，牠們從此認定你是主人嗎？不是的，你當然還要用粗繩子將牠們綁住，在牠們的鼻子穿環，用鞭子打牠們，或是用刺刺牠們，牠們才會聽話，知道牠們是你的奴隸。

因此我帶裕一郎回家時，姊姊們給了他非常嚴厲的考驗，裕一郎不只要隨時聽從我們的命令，而且不管我們在何時何地呼喚，都必須立刻出現，當然他身上重要部位必須刻上我的名字。姊姊們的要求裕一郎都努力做到了，我感到十分滿意，但姊姊們卻說，有的男人爲了得到一個女人，什麼卑屈的事都做得出來，因爲他們深知這只是暫時低頭，女人如果以爲男人一開始的低姿態、好脾氣、無限度的體貼奉承會持續永久，那未免天眞到白癡的境界了。姊姊們這麼一說，我也想起來，我的同學中確實是有人原本以千金大小姐的姿態，把男人踩在腳底下，把他們當作奴僕使喚，任性地發脾氣，作出種種不合理的要求只爲了要對方證明對自己的忠誠和愛，而一旦與這個男人結婚，情勢就反過來，被男人拳打腳踢不說，對方還公然搞七捻三、徹夜不歸。

因此，裕一郎已經聽從我家人的要求，入贅我家做女婿，還必須在外出時戴上貞操帶。這個貞操帶是姊姊們替我訂做的，金屬製成，設計的形狀讓他的性器官只能勉強用來小便。有一個很堅固的鎖，鑰匙當然是由我保管。

裕一郎開新專輯的簽名會，數千歌迷蜂擁而來，差點把會場擠爆，裕一郎一出現，便尖叫四起，好多人昏倒，大批保全人員努力維持秩序，許多歌迷得到裕一郎的簽名，幾乎興奮發狂。我一面看著實況轉播，一面想著，裕一郎受那麼多女人喜愛，到底是我的榮耀還是我的悲哀？即便他深愛我，但誰能保證愛情這種東西是永恆的呢？即使現在的他是多麼溫柔、善良、單純，但是被無數女人渴望、迷戀的虛榮不斷滲透，誰說他不會改變呢？

有好幾個女孩要求和裕一郎合照或握手，都被宣傳人員拒絕，然而，突然有一位美人，穿著優雅貼身的洋裝，臉孔的輪廓簡直有如非人間的仙女，襲擊了裕一郎！迅雷不及掩耳地，吻了裕一郎的唇。裕一郎的表情起了微妙的變化，先是驚訝，然後是尷尬，接著，他的五官扭成一團，狀甚痛苦。我看得目瞪口呆，身爲他的妻子，我太了解他了，我大哭，姊姊們驚慌地跑過來，「發生什麼事了，小櫻？」她們露出擔心的神色。「裕一郎，他，他勃起了。」我哽咽著說。裕一郎的痛苦表情，是因爲貞操帶的關係。

姊姊們隨即進入緊急備戰狀態，嚴肅地開了兩個小時的會，作成一項決議。「小櫻，這樣子做，對你的權益是沒有什麼損傷的，」姊姊說，「只會讓你們兩個的關係更美滿和諧。」我同意了。

父親替我們請了一位頂尖的外國醫生，把他的腦子切除了一小塊，現在裕一郎只認得我一個人，他還是可以創作、表演，只不過面對別人的時候，他看起來會有點智能不足的樣子，這倒沒有影響他受歡迎的程度，她們覺得他懶洋洋、迷濛的樣子看起來更可愛了。我覺得好幸福噢，裕一郎已經完全融入我們這個大家庭了，從此過著幸福快樂的生活。

跟我說愛我

豐川悅司／常盤貴子／麻生祐未

不可告人的哀愁

劇團女研習生覺得自從認識那個聾啞畫家以後，運氣變得特別好，天空藍色的顏料讓女孩得到劇團公演的角色，絕對是幸福的象徵。

「老是在劇團裡表演啊，最後只會變成憤世嫉俗的同性戀喔，」女孩的朋友說。「還是朝演藝圈發展的好。」

因此女孩去參加一部電影的角色面試。這部電影講的是一個醜女對男人十分渴望，她在網路上騙人說自己是美女，很多男人因此被騙上床。炎熱的天氣裡，來面試的女孩子多得不得了，女孩握緊了藍色顏料，嗯，我一定要成功。

負責面試的有三位，一個瘦巴巴的年輕男子，一個老頭兒，一個中年女人。

「喂，你演的雖然是醜女，但是身材可不能太差，畢竟啊，是要脫光的。」老頭說。「你穿了幾個襯墊的內衣啊？該不會是裝了水球的吧？」

中年女人點頭。「演醜女我看你是差不多啦，這種大餅臉眞的很倒人胃口。但可不是光醜就行了。你應該可以爲了藝術而犧牲吧？」

「犧牲？」女孩愣了一下。「犧牲什麼？」

「笨蛋，爲藝術而犧牲是一句術語。」年輕男子不耐煩地說。

「快點快點，把衣服脫掉！」老頭說。

「在這裡嗎？」女孩大驚。「只有我一個人脫？」

中年女人用力拍了拍桌子。「你在想什麼東西？我們要看看你的身材。」中年女人說，「醜女除了靠身體來拴住男人，還能有什麼把戲？」

老頭子嘻嘻笑。

女孩子把衣服脫到只剩內褲時，被中年女人叫停。「這樣子就可以了。」

「做幾個翻滾的動作吧！」年輕男子說。

女孩順從地照做。後來還即興地做了一些類似交互蹲跳、匍伏前進之類的。年輕男子用廉價的家用攝影機爲她拍了幾個鏡頭。

「好了，可以了。下一個。」中年女人大喊。

女孩生性樂觀，對這次面試很有信心。

「我覺得我的表現還不錯，」她用手語告訴畫家。「我的胸部啊，可是貨眞價實的呢！」

畫家溫柔地看著女孩。

「喂，說句什麼吧，」女孩不悅地說。「總不能什麼表示也沒有嘛！」

畫家沉默。

「告訴你，我可是即將變成眾所矚目的女演員喔，會穿著價值數十萬元的名牌禮服走在頒獎典禮的星光大道上給記者拍照哩！」女孩說。

畫家過去的未婚妻冒出來了，這讓女孩感到很不安。女孩哭著要求從未開口說話的畫家說愛她。

畫家的喉嚨深處發出呼嚕呼嚕的聲音，像是風從鐘乳石洞裡流過。

實在是沒辦法說話啦，這不是強人所難嗎？畫家只是露出一貫的憂鬱深情表情。

「你還是愛著那個女人吧？」女孩氣憤地說。「早知道啊，就在面試的時候和那三個人一起玩啦！說不定因此現在早就得到角色了咧！都是爲了你。」

女孩離開了畫家。

畫家雖然不能說話，但是爲何不用寫的呢？一定要把情感和事實的眞相都埋藏在自己內心深處，才能塑造悲劇嗎？不，總不能告訴女孩，其實是因爲自己的聲音難聽得不得了，就像一開口就有人要死了的烏鴉叫一樣，結果被未婚妻把聲帶給割掉了，因爲這樣，就說不出話來了啦！

「聽到你的聲音我就想嘔吐，」那時候未婚妻說。「再怎麼美好的言語從你的喉嚨裡出來都讓人全身難過得起疹子。」

不只是這樣，晚上還會發出恐怖的吠叫的聲音，結果未婚妻以帶他割雙眼皮爲名，實際上卻和醫生串通好了，割掉了他的聲帶。這個不可告人的過往令畫家一直籠罩在悲傷的陰鬱之中，整個人因此呈現一種令女人憐惜的深沉的哀愁感。叫人家怎麼說出口——比畫出來呢，這麼丟臉的事。

三年後兩人再見面，畫家得獎的作品是女孩的裸體畫像。

好討厭，女孩有時會想起那個中年女人說的，醜女都要靠身體來拴住男人。

獨身生活

江角眞紀子／佐藤浩市／中村俊介

難得挽救全世界

在銀行工作的大澤杏子與母親相依為命，這種獨自撫養小孩長大的母親，通常都是偉大的人物。正當大澤杏子打電話回去說「今天晚上要加班，會晚一點回去」的時候，卻聽到抽屜裡傳來母親的聲音，「別開玩笑了，今天哪裡有加什麼班，是想跑出去和男人亂搞吧？」她打開辦公桌最下層的大抽屜，發現母親蜷成一團躲在那裡面。她大驚，「媽，你在那裡幹什麼？」母親從抽屜裡彈出來，「不在這裡監視你，我怎麼知道你是不是對我說謊？」母親理直氣壯地說。她十分生氣，「你怎麼能躲在那裡，簡直不像話。」母親微笑，「不用擔心我，小時候我參加過特技團，骨頭很柔軟的，可以把身體縮成很小很小喔，你看，」說著又鑽進抽屜裡，「再小的空間也難不倒我。很少的空氣也沒關係喔，一點也不會不舒服，儘管放心好了。」

還有一次，大澤杏子到金庫去取錢，母親一路跟蹤，她一點也不知道，結果卻把母親給鎖在裡頭了，轉身離去的時候，情急之下母親只好大喊，叫她放她出來。「天哪，你怎麼會在那裡！」大澤杏子低聲驚呼，「被人看見就糟了，你不可以來這裡啦！」母親安慰她，「這裡雖然空調不好，但是我喜歡冷一點哩！待上三天三夜都沒問題，只要有一點飲水就好了。嗯，如果再加上一部電視機和立體音響會更完美。」看到大澤杏子生氣的表情，母親哭了起來，「我是怕你把銀行的錢通通偷走，就會丟下我一個人遠走高飛，媽媽一個人會孤單的啊！」大澤杏子很不忍心，抱著母親痛哭起來。

因爲母親無所不在造成的壓力，並且屢次殺死追求她的男人，大澤杏子開始扮演雙面人物，晚上化身應召女郎。她的第一個客人是一個狗仔隊攝影記者，那記者被授命全天候守在一位女政治人物家門口，隨時準備拍攝進入她家的男人的照片，他在那裡看到一位知名男性政治人物走進，三天以後都沒有離開，於是潛入院子，爬到樹上，以長鏡頭偷窺屋子內部的情景。從窗子望進去，完全看不到男政治人物的蹤影，只看到牆壁上有一隻大蟲爬來爬去，屋子的女主人拿著掃把喊著：「別鬧了，戈勒各爾，快點下來，吃蘋果了。」

狗仔記者發現大澤杏子在銀行工作，便以她擔任應召女郎的祕密要脅她，大澤杏子非常擔心照片流出去，那將會使她被世人訕笑，因爲她在肚子上刺了「和平奮鬥救中國」幾個字。然而，狗仔記者發現大澤杏子其實是個善良的女人，因此愛上了她，他告訴她，他是爲了報父仇而想打垮銀行的。但是逐漸他們卻發現，害死狗仔記者父親的人另有主謀，竟然是應召站的站長。

應召站的站長是個不簡單的人物，他還有更大的陰謀，事實上，他企圖毀滅世界。他所開設的高級應召站，專門替一些達官顯要、民意代表等等服務，利用應召女郎將晶片祕密植入他們的腦子，使他們變成白癡。這是比較舊的手法，現在最新研發的是使用生化武器，將病毒注入體內，這種病毒不但會摧毀當事人的腦子，甚至還有傳染性。爲了進行這項計畫，花費了不少時間和人力物力，但是他很有耐性，畢竟毀滅地球不是一件小事。然而他卻白花了許多功夫，誰都知道這個世界上絕大多數的政府要員和民意代表原本就是白癡，這種現象在某些國家甚至特別明顯。爲此他非常憤怒，決定用最快速的方法毀滅大半個世界，製造了威力最強大的定時炸彈。

爲了救全人類，大澤杏子和狗仔記者兩人拚了命查尋炸彈所在地點，歷經了非常多驚險，受了無數痛苦，甚至做了莫大的犧牲，距離爆炸時間已經不多了，才找出炸彈隱藏處，就在大澤杏子母親的肚子裡！發現這個事實以後，他們就放棄了挽救世界的計畫。

To Heart

堂本剛／深田恭子／原沙知繪

拳擊手的場景

我的朋友L受人委託寫一個關於拳擊手的劇本，因爲這是一部商業片。當然我很懷疑我們任何一個人對拳擊手有什麼認識，不過，這未必重要，只要主角的身分是一個拳擊手就可以了。L最擅長經營場景散發的令人目眩的迷離氣味，因此要先設定片子當中不斷出現的是什麼樣的場景。究竟選擇什麼場景好咧？啊，有了，錄影帶出租店。拳擊手一開始就是和女主角在錄影帶出租店相遇，那時他們還不認識，但兩人都因爲對方的相貌、言語、行爲之類的留下某種印象。然後，各自回家了，回家以後發現他們拿錯了對方的錄影帶。

女主角，是一個很年輕、個子粗壯的女孩，看到從袋子裡取出的錄影帶竟然是A片的時候，非常驚訝，有一種反射的厭惡感。但無法抵擋內心的好奇，因此放出來看。一面露出複雜的噁心表情，一面還是繼續看下去了。A片裡的男主角，不如由拳擊手來飾演，兩人不是同一人，只是長得一模一樣，嗯，這個點子蠻好的，但最好不要安排他們兩個是雙胞胎，只要長得一樣就行了，女孩以爲那就是拳擊手。她看得入迷了，她在現實生活中不是太如意，而且很孤獨，她愛上了A片裡的男主角，他的一舉一動都深深吸引她。結果，男主角竟然從影片裡走出來了，一點都不假，就這麼光溜溜地走出來了，抱住女主角……不行，不行，這太伍迪．艾倫了，讓我們換一個。

試試看花店好了，年輕的拳擊手在這裡打工。明亮的玻璃屋，各種顏色繁複的花朵一叢一叢擠在略爲狹窄的空間裡，或者，我們也可以選擇色澤單一樸素的花卉，經營一種乾淨高雅的氣氛。花店的店長是一位輪廓纖細、美麗但感覺有點冷的女人，長髮，眼睛深邃，正面對著鏡頭，修剪花材，拳擊手在她身後忙來忙去，搬運著什麼。事實上，拳擊手暗戀著女店長。

店長：你聽了今天的新聞了？我在來這裡的路上，在計程車裡聽到廣播，主持人在批評一位女性政治人物，不，過去的政治人物。我發現一件事，也許社會結構的形成，是基於我們對他人所採取的一種主觀性。

拳擊手：啊？

店長：當我們在說個體的獨立時，我們與他們建立的關係是在我們對他們的期待，不，要求上。

拳擊手：你知道我在想什麼？主動或者被動接受並認同的價值觀。何不談談愛情呢？我們在那裡面從未滿足於他人的誠實……

他媽的，這又太高達了，算了，再換一個。

既然是關於拳擊手的故事，還是老老實實把空間設定在練習場吧。一個老舊、斑駁的練習場，雖然空曠但這空曠卻顯得寒酸侷促，有點像鄉下小學活動中心的感覺。有一位中年教練，看起來成熟睿智的，正在對拳擊手說話。遠處有另一個年輕人，也是一位拳擊手，他的天賦資質當然不如男主角，雖然是配角，但仍然要鋪陳一些細節來呈現他的個性，他與男主角雖然稱不上好友，但起碼有點感情。

現在我們終於把故事拉回拳擊了，既然是關於拳擊的故事，就一定涉及黑道。外面是燦爛的陽光，但練習場裡十分陰暗，從外頭走進幾個男人，兩個、三個，或者五個？那不重要。拳擊手正欲向前，被教練制止。教練表情沉著，但顯然知道這些黑道前來的目的，這是稍一不留心就會發生一場血腥風暴的緊張時刻。來人因爲背光而呈剪影的姿態，其中一個尖下巴的，指著牆上的海報。

尖下巴：那是甘地的照片！我好喜歡他，常常有很多美女脫光了睡在他旁邊，但是他從來都不×她們，我想他不應該絕食太久。她們後來都自殺了。

配角拳擊手：那是達賴喇嘛的照片。

尖下巴：天哪，我竟然會弄錯，你說他是誰來著？

配角拳擊手：達賴喇嘛。

尖下巴掏出手槍一槍斃了他，槍聲震耳欲聾。

慢著，這又太昆汀．泰倫提諾了。再換一個，女主角，那個粗壯的女孩，她工作的可麗餅店怎麼樣？拳擊手這時候視力已經發生問題，那是拳擊手的職業病，視網膜剝離。女主角十分擔心。

這一天，女主角因爲跟店長口角，心情十分惡劣，下午一個人在賣可麗餅時，拳擊手來了。「幹嘛愁眉苦臉的，讓我們坐這輛餐車出去兜風吧！」他說。女孩欣然答應。坐上駕駛座的拳擊手並未告訴她，他已經幾乎看不見了。

就在上路不久，竟然從後頭跑出一個男人。「這輛車上裝了炸彈，」他大吼，「車子一發動就啓動了炸彈，只要時速低於五十，炸彈就會爆炸！」

唉……

戀人啊

鈴木保奈美／岸谷五朗／佐藤浩市／鈴木京香

超完美換夫

1

幾個小時後就要步入禮堂了，準新郎遼太郎卻還在公司忙著，獨個兒待在飯店的新娘愛永多少有些落寞。這個時候突然女同事季里子闖進來，大肆哭鬧了一番，說自己是多麼愛著遼太郎，竟然當著愛永的面，從口袋裡取出刀子，割腕自殺了。把季里子送進醫院以後，疲倦又悲傷的愛永和航平相遇，對方是與自己在同一飯店同一天將要結婚的男人。航平也向愛永吐露自己的心事。

不過，當天遼太郎並沒有回來。愛永坐在床上，看到天邊剛露曙光，便離開了飯店。愛永沒有回家，也沒有回到工作的地方去，沒有通知任何人，獨自到海邊住了一小段時間。六個月後，愛永搬了新家，意外發現隔壁住的是航平夫妻倆。

夜裡愛永聽到房間裡有聲響驚醒過來，發現有人潛了進來。「噓……別出聲，是我。」說話的人是遼太郎，看起來形容枯槁，滿臉髒亂的鬍子。

「對不起……」遼太郎低下頭說。「我殺死了季里子。」

愛永大吃一驚坐了起來。

「我不記得發生了什麼事，醒來的時候，季里子躺在身邊，已經死了。」遼太郎哭起來。

愛永建議遼太郎自首，但被拒絕。「沒人知道是我殺死她的，只要你幫著我就好。」遼太郎說。

隔日警察便找上門來，告訴愛永發現季里子屍體的事。季里子死亡的日期是婚禮當晚，或者隔日凌晨。

「季里子死了？」愛永露出驚訝的表情說。「難道從醫院回來以後又自殺了？」

「不是自殺，我們認爲是他殺的。」警察說，「季里子的脖子被捆在床頭的鐵柱上，手腳也有被捆綁過的痕跡。季里子自殺時，把她送進醫院的是你吧？她自殺的原因是什麼？」

愛永告訴警方季里子是爲情自殺，但沒說是爲了遼太郎。

「這六個月你和你丈夫人在哪裡？」警察問。

「到海邊去度蜜月，」愛永說。「原先只是想去一個禮拜，後來卻覺得隱居在那裡舒服自在，臨時決定不想離開，想暫居一陣子。」

「你的丈夫是個工作狂吧？」警察問。「沒有通知公司，便毫無理由地消失了，令人難以置信。」

「他出門去買東西了，等他回來你自己問吧！」愛永冷冷地說。

根本沒有舉行什麼婚禮！愛永想著。難道他們不知道嗎？我和他根本沒有結婚。

航平的學生達彥邀他一起喝酒。「我的酒量不行喔，」航平說。「婚禮那天晚上我醉得不醒人事，一直到隔日下午才醒來呢！」

「婚禮？」達彥說。「根本沒有什麼婚禮，飯店當天發生了集體中毒事件，所有的餐宴都取消了。」

「沒有婚禮？」航平很驚訝。

「後來也沒有補辦喜宴吧？」達彥說。「只是辦了登記就算數了。」

「確實是有喜宴的，雖然沒什麼印象，但似乎很熱鬧，粧子雖然懷孕，也喝了一些。平時我不喝酒，那天是爲了忘掉煩惱，才喝了太多的。」航平說。

航平所說的煩惱，是指婚禮前粧子忽然告訴他，肚子裡的孩子可能不是他的。

「別開玩笑了，雖然爲了粧子認爲懷孕結婚還是一切低調的好，因此邀請的只有少數的至親好友，但大家到了現場才發現婚禮取消，還是怨聲載道呢！雖然禮金也不收了，但是我們的祝福怎麼說呢？也沒有人出來解釋一下。兩個人後來卻一副好似沒有這回事的樣子，令人摸不著頭腦。」達彥說。「粧子那個人脾氣怪怪的，連航平你的頭腦也秀逗啦？」

沒有婚禮？航平想著，這是怎麼回事？

愛永這邊，接到一通年輕男性打來的電話，找遼太郎。

「是誰？」遼太郎緊張地問。

「遼太郎先生喜歡玩ＳＭ吧？」電話那邊說。「喜歡玩捆綁的虐待遊戲，我沒說錯吧？」

2

愛永與遼太郎家客廳裡，坐著一位年輕人。

「我想遼太郎先生還是把事情都說出來吧，隱瞞的話，反而對遼太郎先生自己不好的喔！」那年輕人說。

「你說的事情我都不知道，」遼太郎搖頭。「你有什麼證據？」

「既然如此，真可惜，本來想如果遼太郎你承認的話，說不定可以洗刷殺人的嫌疑。」

「什麼意思？」

「其實遼太郎先生你對於殺死季里子的事，根本沒有印象吧？醒來的時候，季里子就被綁在床柱上，已經斷氣了，是這樣的吧？」

遼太郎沒說話。

「殺死季里子的人，知道遼太郎你有玩ＳＭ的癖好，所以才把屍體布置成那樣，遼太郎你如果對昏迷的時候發生的事情一無所知，看到那樣的屍體，理所當然地就以爲是自己玩過火而發生悲劇了。」

「你到底想說什麼，」愛永問。「你已經知道是誰殺死季里子了？」

「殺死季里子的人是誰，恐怕遼太郎先生自己心裡最清楚了。」年輕人以輕鬆的姿態說。

之後愛永單獨來到達彥的攝影工作室。「你怎麼知道遼太郎有這種癖好？」愛永問。達彥正在燈箱上看幻燈片。

「那個不難打聽嘛，我有許多當記者的朋友喔！」達彥說。

「爲什麼要這麼做？你在調查季里子的死因嗎？」

達彥放下手邊的幻燈片，望著愛永。「我只是希望愛永你能打起精神來。」

「如果了解季里子死亡的眞相？」愛永問。

「世界上沒有眞相這回事，我們只能看到我們能夠理解和願意相信的，如果有所謂的眞相存在，那麼即使我們扭曲、誤解它，它仍然會以它應該有的面貌存在，然而事實卻不是如此。」達彥說。「愛永，季里子死的時候，也就是婚禮當天到隔日，你在哪裡？」

「送季里子去醫院回到飯店後，我一直在飯店裡沒有離開，和遼太郎不一樣，我有不在場證明，櫃檯的服務生可以證明我到第二天退房才離開飯店。什麼意思？你也懷疑我嗎？」

「發現季里子屍體的地點不一定是她死亡的地點，所謂的不在場證明，得先知道那「現場」指的是哪裡。」達彥說。「婚禮那一天，遼太郎沒有回來對吧？你一個人在房間裡等到隔日早晨。航平與粧子與你們同一天結婚，但事實上，兩個婚禮都沒有舉行，奇怪的是，航平堅持有婚禮的存在，甚至還有婚禮上發生的瑣碎事情的印象。這中間必然是少了什麼，我眞搞不懂。」

做妻子的已經承認了自己不是小孩的父親，做丈夫的就算想維持這段婚姻，也欠缺理由說服自己吧！航平坐在咖啡廳裡落寞地想著。爲什麼粧子要說出來呢？這個世界上，誰眞的在乎眞相呢？對的，自欺欺人地活著最好了，坐在屁股底下有一根刺的椅子上雖然難受，但總比被刨木機鋸個粉碎要好吧？

「對不起，來遲了。」航平的學生達彥走過來坐下。「你在電話裡說有什麼事要告訴我？」

這個事情，本來覺得沒有說的必要，但不知為什麼，好像非得在這個時候說出來不可。

「關於那個婚禮，有件奇怪的事我沒說，因為我自己也想不通。」航平說。「我告訴你婚禮上我被灌醉了，睡到第二日下午。」航平頓了一下。「其實凌晨的時候，我醒來過一次……不，我其實不知道確實的時間，但我猜想大約是凌晨吧，四周很安靜，我發現自己躺在樓梯間，黯淡的燈光下，我看見自己滿身都是血……第二天下午清醒的時候，粧子坐在我身邊，我躺在飯店房間的床上，一切都很安詳，我以為之前在樓梯間看見的景象是夢，但那不是夢，我的身上確實有那些傷口，只是都已經清洗乾淨了。」

3

婚禮當天，遼太郎失蹤，季里子死亡，達彥告訴航平，根本沒有婚禮舉行，但航平記得婚禮上發生的事，除了一個疑點……

「我坐起身來，發現全身劇痛，好像肋骨斷了。粧子告訴我，我酒醉的時候，在浴室滑了一跤，摔得很嚴重。」

「記憶這種東西，是不可信的。往往久遠以前的記憶，如果與同時經歷的人兩相對質，卻會發現是截然不同的版本，那是因爲隨著歲月流逝，記憶已經被想像和謬誤的扭曲所竄改，然而宿主卻渾然不覺，當然對記憶的眞實性深信不疑。關於婚禮那天的記憶，根本是不存在的，你以爲所有曾經發生過的事，都是粧子告訴你的，你把粧子所說的當作自己經歷的體驗，時間久了，就眞的以爲那其實是發生在自己身上的記憶……。」

粧子坐在病床上正在給新生兒餵奶，丈夫航平並不在身邊。愛永把窗簾拉開，一下子房間裡亮了起來。

「季里子不是我殺的。」粧子淡淡地說。

愛永望著小嬰兒的臉，人家說剛出生的嬰兒，臉會長得像父親，這個小嬰兒到底長得像誰呢。

「這個孩子不是航平的，」粧子突然抬起頭看著愛永。「是你丈夫遼太郎的。」

愛永突然覺得很諷刺，嬰兒的臉原來應該長得像遼太郎啊。

「婚禮那天，我其實打算和遼太郎私奔。」粧子說。「我們在同一間飯店舉行婚禮，房間就在隔壁，這都是我安排的……我在你的房間裡裝了竊聽器。」

愛永吃了一驚。「爲什麼？」

「我想知道，拋棄自己的婚姻……雖然不是眞的那麼重視……和遼太郎一起走，到底是不是做對了。沒想到聽到季里子跑進來爲了遼太郎自殺。我去醫院找季里子，跟蹤她出院，黑暗中季里子把我錯認成是你，不斷地說要死，我告訴她，我這裡有一顆藥，是劇毒，吃下去就會死，不會太痛苦，你要的話，我就給你。季里子毫不猶豫地把藥搶走，吞了下去。其實那只是普通的安眠藥，沒有任何副作用，但是季里子卻死了。」

「是心理作用嗎？以爲自己吃下毒藥而身亡，就像以爲自己吃的維他命是仙丹而痊癒一樣。」

「我和遼太郎約在一家汽車旅館，遼太郎喝了摻有迷幻藥的酒，很快就昏睡了，我把季里子捆綁在床上……」

「爲什麼要那樣做？」愛永問。

「爲什麼？季里子是爲遼太郎而死的，你懂嗎？」粧子慢條斯理地說。「只有因爲遼太郎，季里子才會死。」

愛永明白了，季里子吃下的只是安眠藥，結果卻死了，這是粧子用來證明季里子爲了遼太郎求死的心。粧子的安排讓遼太郎以爲自己殺了季里子，事實上，季里子確實是因爲遼太郎而死，在法庭上，人們只能依照現實的證據來爲人定罪，卻無法證明任何義理和情感，或許沒有實際殺死季里子的遼太郎也永遠無需爲季里子的死負任何責任，但在見到季里子屍體的瞬間，出現在遼太郎腦中的「我殺死了季里子！」的吶喊，就是季里子要的。

事情演變如此，粧子和航平的婚姻也不可能維持下去，倒是和遼太郎重修舊好。一度粧子和遼太郎想撮合愛永和航平，但航平覺得這太荒謬了，因爲自己的妻子想和人家的丈夫在一起，就讓自己和對方的太太交往，又不是鬧劇。沒想到一年以後，愛永就因病去世了。

偶爾航平仍會拜訪粧子家。「那個時候，爲什麼要告訴我孩子不是我的而可能是遼太郎的？」某一次航平如此問。「其實那時候的你，不是眞的想和遼太郎在一起吧？」

粧子走進房間，取出一捲錄影帶。「婚禮那一天，我在愛永與遼太郎的房間不只裝了竊聽器，還裝了攝影機，這就是那個時候拍的。」粧子把錄影帶放進錄放影機，按下play。

「爲了和遼太郎一起逃走，我在你的飲料裡放了迷幻藥。」粧子說。「我離開以後，你大概是走錯了房間，竟然進入隔壁愛永的房間裡。是因爲藥的關係嗎？至今我仍不知道爲什麼，你竟然哭了。從我認識你到現在，我沒有看過你流淚呢！但是你看到愛永，卻哭了。後來你們兩個人上了床，你對愛永說，世間沒有什麼事是眞實的，因此也沒有什麼事情是不可能的，眞實的存在是在於你相信，只要是你相信的，就會成眞……」

航平看到錄影帶裡，愛永在笑。「但如果有一個人，不相信有地心引力的存在，不表示他就能飛起來呀。」她說。

錄影帶裡，航平打開窗戶，轉過臉對愛永說：「我證明給你看。」

「我的天啊！」航平看著錄影帶裡自己的行爲嚇了一跳。

「你跳下窗戶，好在只是在二樓，摔到游泳池邊，竟然只是輕傷，也算奇蹟。」粧子說。「可能是愛永把你扶到樓梯間，但她不知道你就住在隔壁。爲什麼愛永沒有送你去醫院，我從沒問過她。有個服務生發現了你，剛好我回來，把你抬回房間，你一直都沒清醒。」

「我全都……不記得了。」航平喃喃地說。

眞實從來都不存在，粧子想著，而每個人都注定了要說謊。

鬥陣美眉

深田恭子／尹孫河／阪口憲二／天海祐希

傳說中的戰鬥女神

小夜子不是普通人，這是所有認識小夜子的人都知道的。不，小夜子不只不是普通人，事實上，流傳在小夜子周圍的耳語是，小夜子根本不是人……其實這樣說也不完全對，是這樣的，小夜子當然是一個舉止粗魯、性格乖戾，動不動就使用暴力的女孩子，這一點已經無庸置疑了，可怕的是，凡是曾經惹過小夜子的男人，不管是電車上的色狼也好，背叛了小夜子的男朋友也好，通通沒有理由地消失在這個世界上了，傳言中的小夜子是人造人，不對，再生人，不對，改造人……總之，小夜子之所以那麼孔武強悍，是因爲小夜子的身體不是原來的身體，是經過改造的，把那些男人的身體拆解以後，重新製造成比普通人強韌一百倍的人體零件，眞是太恐怖了，傳言如此，大家也都這麼相信。

從擔任警衛的老同學神山那裡聽到這個傳言，小夜子簡直氣炸了，「這些人頭腦有毛病啊？在你們的眼裡，女人就只有靠男人的力量才能生存嗎？我怎麼會需要男人的器官來使自己變強？混帳！眞是噁心的想法。」小夜子生下來時就只有一個頭而已，既沒身體，遑論手腳，父親、母親都嚇了一大跳。雖然說只有一個頭的話，賣給吉普賽人是最適宜了，吉普賽人不是常常有那種收費參觀只有頭的畸形人嗎？但那些全都是假的，小夜子可是眞的只有頭而已啊！小夜子的父親從事金屬製造業，手工之精巧已到達藝術的境界，因此，小夜子的身體其實是金屬與人造肌肉打造的。「啊，像我這樣的人，到底應該做什麼呢？」十九歲的小夜子躺在夜晚的陽台上想著。

這個夏天小夜子認識了一個外國女孩亞美，兩人決定一起實現夢想，那就是生產最適合女性，讓女人能更獨立、自由的女忍者服裝。「別開玩笑了，」小夜子的父親生氣地說，「最適合小夜子的工作，就是擔任生存遊戲裡的殺人機器了。要想使自己變得更強，不受傷害，只有一個辦法，就是去傷害別人啊！」

小夜子在海灘認識了有錢汽車商的兒子阿元，阿元的家教，一流大學畢業的高材生洋輔則愛上了亞美。爲了實現夢想，必須先賺取資金，小夜子與亞美到處打工，受了不少怨氣，不發洩受不了，小夜子便與阿元互揍，一定要到有一方倒下無法動彈爲止，當然，從來倒下的都是阿元，幾乎牙齒和肋骨都被打斷光了。「小夜子眞是特別的女孩，」阿元說，「告訴我多一些你的事情。」小夜子告訴阿元，妹妹冬實出生就是瞎子，連續生下兩個不健全的女兒，母親因爲驚恐過度去世了，由父親獨立撫養姊妹倆。父親也曾經想替冬實製造假眼睛，「用攝影機代替眼球，將訊號變成神經電流刺激腦部的視覺區，就跟用眞的眼睛看是一樣的。」然而冬實卻拒絕了。「我跟姊姊是不一樣的人。」冬實說，「我的命運不要別人來決定。」阿元趁著小夜子發呆突擊她，小夜子摔倒在地，手臂脫臼了，沒想到她卻毫無感覺。「我不能接受你的愛，」小夜子說，「愛會使人軟弱。」

亞美終於要離開了，小夜子、冬實和阿元都感到捨不得。「我們國家的女人，都喜歡整容，男人要勇敢強悍，女人要美麗服從，除此之外，就沒有生存的價値。」亞美說，「但那是不對的，我想要建立一個眞正美好的國度，一座女人島。現在我要到南方去尋找建設那個國度的島嶼，這個人我帶走了，他要負責女人島傳宗接代的工作。」亞美指著洋輔說。「小夜子也要努力，變成超強，到時候我們會再見面的。」

小夜子始終沒說出她的祕密，她的身體是人造的，但技術精巧與眞正的人體無異，即使是運用最細部的肌肉活動都與眞人一樣巧妙，然而，爲了使這身體變得更強，將痛覺給排除了，這是父親的苦心啊，換言之，現在的身體是不會痛的，不論遭受如何的打擊或傷害，都不會覺得痛。一定會的，亞美，小夜子在心中喊著，一定會實現夢想！儘管人們總是說小夜子和亞美太天眞，但兩人都確定，世界只會依照自己堅信不移的事情來運轉。雖然還想不透具體的方法，但是小夜子明白，她要靠的就是這金剛不壞的身體，證明她才是這世界的統治者。

Hero

木村拓哉／松隆子／阿部寬

感傷的正義

話說檢察官久利生公平因爲在女主播被襲擊案中揭發嫌犯並非警方拿來當代罪羔羊的少年，使得警方顏面盡失，結果被報復性地抖出曾經因爲傷害罪被逮捕的不名譽過去，被調職到南方的小島。一日他的女朋友雨宮舞子，也是他在東京城西地檢署任職的助理前來探望他，此時久利生正在調查魚乾竊案，突然天搖地動，似乎是火山爆發，竟然發生了不可思議的時空轉移。久利生和雨宮經歷這番大震盪，待清醒過來，發現自己置身在小島已完全孤立的未來，負起帶領身邊一群少年在殘酷荒涼的絕境生存下去的責任……啊，不好意思，一不小心竟然跑到《漂流教室》那部劇集去了。但是，也不是開玩笑，久利生確實是因爲爆炸的波動，跳躍至另一時空，只是不是未來，而是過去。

回到了那被當作嫌犯的少年尚未因恐懼被捕而自殺的過去。因爲自己力有未逮而枉死的，或眞凶因而逍遙法外使日後更多無辜被害的，把這些生命的帳，都算在自己頭上，久利生公平就是這種人。檢察官、律師、警察、醫生、公務員，也都是人嘛，爲求自保，只好犧牲別人，即使充滿正義之心，也無力與強大的現實對抗，救一個小人物毀自己一生過於天眞，這也是無奈。不，這些藉口對久利生公平而言都是不成立的。既然可以重來一次，當然要挽回。幸運的是雖然同事們沒有因爲他自稱「來自未來時空」而將他當作瘋子、壓力過大導致精神失常。本來就是舉止奇怪的人嘛，就算說其實是來自於外星，也只會讓人恍然大悟(唔，怪不得對地球人的電視購物那麼有興趣)，要說可以穿梭時空，也不稀奇，與我們這些人沒有什麼關係吧？可能都是這麼想。因此不幸的是，也無人把他的話當一回事。那個少年，會因此而自殺呀！

果然事實上一切一切，也都和曾經發生的那一次一樣，逃亡的少年打電話給久利生，就在少年說出案發當時自己其實在母親的墳上時，懷疑警察前來抓他的少年將電話掛斷了。

啊，死了！久利生欲哭無淚，還是不行。

然而事實上，少年並未自殺，其他種種則一如之前發生過的，久利生洗刷了少年的嫌疑。久利生知道少年未死，非常驚訝，到底是哪裡起了微妙的變化？

久利生與少年見面。「對不起，這麼說也許有點唐突，」久利生猶豫了一下，「不過，你爲何沒有自殺哩？」

「自殺？」那少年莫名其妙，「你也未免太失禮了吧！我爲何要自殺？」

不過，認爲少年是替罪羔羊而堅持找出眞凶，久利生也照樣被調職南方小島，當然，天崩地裂一般的大地震依然發生了，久利生又被彈至另一時空。這一次，眞是到了未來，這個未來，也不過是三十年後的世界，然而短短三十年，世界起了極大的變化，那個時候的社會，經濟蕭條，暴亂叢生，這當中有個人人聞之色變的異教宗師，死在他及信徒手底下的，光是官方統計就超過三千人，不要說檯面下的數字了。久利生看這宗師的照片，覺得十分面熟，心中十分痛苦，想了三天才想出答案，這人就是當年被當作嫌犯的少年。因爲強烈燃燒的正義之心造成的巨大的感情波動，久利生又回到少年死前的電話交談的時間點。

「這件事，眞的難以啓口，不過……」久利生的內心面臨極複雜的天人交戰，「你是不是，還是自殺算了？」

現在各位頓悟到，在時間的旅程當中，少年沒有自殺的那一次，是因爲少年本來就沒有要自殺嘛！至於死了的那一次，少年也不是自殺的，兇手將少年殺死，布置成自殺的樣子，至於那兇手是誰，各位該知道了吧！這個，實在是爲了全人類啊！

未成年

石田壹成／香取愼吾／反町隆史／濱崎步

天國來的方舟

他們帶著不安的幸福倉皇逃走，一起搭著一輛吉普車。彷彿一輛載滿了畸形人的活動馬戲團，侏儒砲彈人、白癡小丑。我們是一群被世界淘汰的人，劣等的次級品，那少年想著。彷彿載著上帝欽定的倖存者的諾亞方舟，造物者將毀滅這個世界，像一個任性的打電玩的小孩，噢，討厭，把他們終結，重新開始。而我們會留下來，那女孩想著。智障男孩和黑道男子歡呼著，優等生和懷孕的芭蕾少女則沉默。

一開始他懷疑那山中的廢棄學校是一座巨大的墳，因爲植物在這裡生長得格外鮮豔肥美。那是我們的祕密基地，他喊。她微笑點頭，心臟裡那用山茶花瓣做的瓣膜也呼呼作響。誰都可以從她胸前的傷口看到那裡頭漂浮在透明防腐劑中發光的白色心臟，就像玻璃殼的機械錶。

芭蕾少女躺在床上，灰敗的臉望著窗外。晚上她的肚子劇痛，像是要生了，折騰了一日夜，生下一個死嬰。那優等生見了絕望地大叫，這個死嬰是不祥的象徵，我們要走上絕路了。他哭喊著。所有的人都非常沮喪。他們陰沉地在這個封閉的基地過日子，好像在等待自發性的腐爛。

他一閉上眼，兩隻拳頭就開始不停地抖動，她便憐愛地知道他已經睡著，然後他的未合攏的眼瞼底下露出的眼球也劇烈地左右滾動。

早晨兩個女孩驚喜地大喊，他們全都聚了過來。嬰孩的頭髮和指甲都仍在長呢！嬰兒的母親驚喜地說。胎死腹中的嬰兒雖然已經變成紫色，頭髮卻確實地長長了0.5公分。優等生激動地哭了起來。這就是雖死猶生哪，他含著眼淚說。心臟病女孩覺得這好像也在說她自己。如果我們死了，優等生說，我們將在這墳墓裡復活。因為這裡是被背叛者的天國。

晚上少年偷了黑道男子的槍跑出去，和他的父親見面。父親已經向警方出賣了少年和他那些朋友們，但少年還不知道。因為心中還存著的一點父子的溫情，少年開口：不是你死，就是我死。那父親裝作虔誠地要少年趕快投降，少年向父親的臉上開了槍，子彈射進父親的左臉，穿過頭顱射出去，那裡開了一個大洞，從正面可以望見窟窿後頭的樹影和月光。這景致非常礙眼，使得少年不敢直視父親的面容。父親哈哈大笑，怎麼樣，沒想到吧！像你這樣低等的人類，是無法理解的。少年看到父親扭曲著那張帶著一個穿透的窟窿的臉，心情非常惡劣。

少年丟下槍，頭也不回地跑出樹林，回到同伴藏身的學校教室。你跑到哪裡去了？優等生問他。他搖搖頭，只說到樹林裡看看天空的顏色。那個智障少年喜悅地拍手，這樣的夜色最適合出現飛碟。優等生恨恨地踱了一下腳，你知道我們即將開始戰鬥嗎？少年低頭不語，又想起父親臉上那個洞。他們不是人！他突然大喊。他們又不是人，我們拿什麼跟他們戰鬥？

這夜他們夢見了飛碟，巨大且發出五顏六色的光，在城市的頂空盤旋，從它的底部放出大量輻射，頓時席捲了世界。每個地方都發生了前所未有的巨大電波海嘯，是沒有聲音但發出柔和的霓虹光暈的洪水，洪水淹沒了全世界，流竄到任何一個細縫，凡被覆蓋的生物都立即稀釋，人類因此消滅。除了他們以外。他們棲息的教室漂浮於水面之上，到處漫遊。

他們同時作這樣的夢，全都睡得很熟，就因爲睡得太熟了，連武裝部隊進來了都不知道。連他們在睡夢中被殺死了都不知道。因此他們繼續作夢，因此他們也不再需要肉體，他們就在夢裡繼續活著，且彼此對話，他們說，噢，世界竟然毀滅了。這是什麼意思，我們勝利了嗎？

荒太的動物日記

堂本剛／安倍夏美／秋山純／山田麻衣子

我們有過的美好時光

×月×日

我的主人死了。就在我要被衛生所的人帶走處置掉的時候，一個叫荒太的獸醫系學生收養了我。我以前的主人是個好人，你問我我們當狗的怎麼評價主人是不是個好人？我告訴你，他曾經爲了我偷肉攤的肉，結果被賣肉的小販用切肉刀削掉了鼻子。自從沒了鼻子以後，他完全得不到女人的青睞，只好以偷女人曬在陽台上的內褲來滿足一顆破碎的心。這種悲慘的境地不是那種過著舒服的日子、一邊吃著羅威那犬的香肉的傢伙能想像的。

×月×日

那個抱狗來求醫的女孩不知道叫誰給吃了，只剩下幾根啃不動的硬骨頭和兩隻眼球。雖然大家都說是狗幹的好事，但我告訴你，也有可能是人。我見過有人吃羊頭，怎麼都扯不下眼睛，後來老闆娘說這得要點技巧，用勾起的三隻手指頭戳進眼球周圍再剜出來。我們幹不了這事，我說眞的。

×月×日

今天他們要把花子拿去做健體解剖，這件事眞是太傷我的心了。花子是我喜歡的那一型，我喜歡身材碩大的雌性動物。更何況花子的眼睛很漂亮，我也喜歡她的皮膚。我討厭聲音太聒噪的女性，花子低沉的聲音很迷人。這個世界就是這樣充滿令人難過的事。就在我這樣憤世嫉俗了一上午之後，發生了奇怪的事情，他們把花子和春子弄錯了！雖然我不太明瞭爲何一頭母牛和保健室的老女人會被混爲一談，但我覺得這是一個好的開始。

×月×日

今天他們要從事一項實驗——紀錄一隻狗作的夢，如果狗會作夢的話。我是他們實驗的對象。我決定在實驗中盡量作一些得體的夢，這不是很容易，我們很難控制作夢的內容不是嗎？一開始我夢見我在一片一望無際、又香又美麗的薰衣草田中奔跑，我眞實的生命裡沒有碰過這樣美好的境界。天空藍得刺眼，白色的雲朵飄浮移動著，我像隻快樂的幼犬一樣打滾、跳躍。後來有個人類的小孩子靠近我，一個噁心的小鬼，他用十字弓的箭把我的肚子給射穿了。他的母親跑過來，訓了他一頓，髒鬼，你摸了狗？你有沒有摸狗？快去給我洗手，你會得傳染病。那個女人說。我流了很多血，但是沒死。浦島那個傢伙幫我把露出肚子兩邊的箭給剪斷，但是中間那一段仍然留在我的肚子裡。我的肚子好痛，大便都會大出血來。

×月×日

米格魯告訴我他曾經見過一個女孩子養了兩隻狗，公的和母的。有一天兩隻狗進行交配，沒想到一搞起來竟然停不下來，就像沒有人按下「off」開關或是電池用盡以前只好永遠震動的打鼓兔子。口吐白沫的公狗騎在母狗身上瘋狂又哀戚地顫抖著下半身，眼神呆滯的母狗則已經流了一地的血。然而那個女孩子卻一點都沒有打算要阻止牠們。每隔一小時她會打開門來看看牠們是否繼續，然後露出滿意的表情砰地關上門。一直到太陽下山，她對來拜訪的朋友說，我要讓牠們打破金氏世界紀錄。

×月×日

荒太決定離開獸醫系。荒太是個心軟的人，要成爲一個獸醫必須犧牲太多動物，而動物都是無辜的。我們兩個一起逃到無人的山上。這裡眞的一個人都沒有喔！而且我們迷路了。我們已經好幾天沒有吃東西了，肚子餓得咕嚕咕嚕叫。再這樣下去不是辦法，荒太說。有一隻四腳蛇跑過去，我流出口水。我想我們其中有一個必須把另外一個吃掉，我這麼提議。但是我們兩個都願意當被吃掉的一方，這是很高貴的情操。我們把剩下的一點力氣花在激烈地爭奪當被吃的一方，簡直就像餐廳裡爭付帳的好朋友一樣。最後我們協議以擲銅板來決定。不過，在這之前請讓我先寫完今天的日記，我說。忽然間我想起來，以前的主人被肉販削掉鼻子以後，我就發誓不吃肉了，我們狗可是很重誓言的。眞討厭。

名牌愛情

今井美樹／市川染五郎／吉田榮作／佐藤藍子

奢華之血

人生在世的意義，就在於將自己創造成一個名牌，並且開創影響世人追隨這個品牌的時代。是的，三宅一生或者川久保玲是名牌，坂東玉三郎和貴乃花也是名牌，大江健三郎是名牌，中田英壽當然也是名牌。各位一看便知，這麼一來絕大多數的人都是失敗的，換言之，這世上絕大多數的人終其一生是沒有意義的，因爲只有很少數的人成爲名牌，而其餘多數的人都只是追隨者。這是必然的，就好像世間王者很少，而臣民很多一樣，王者若沒有眾多臣民，又怎麼叫做王呢？總不可能王多臣民少吧？因此，我將這世上絕大部分的人分爲二種，一種是以爲自己是上天選上，能夠成爲名牌的人，實際上不過是資質愚劣的凡夫俗子罷了。另一種是根本上就明白自己不是能造就成什麼名牌的材料，因此致力於成爲拜倒在品牌腳底下的追隨者。那麼，你我是屬於哪一種人呢？

我本人是茶道白州流第十五代傳人，但爲了追求個人價值，央請父親給我三年時間自由，現在僅剩一年，我選擇進入名牌「D」的企宣部工作。我的女上司對「D」產品非常執著熱愛，對於「D」品牌一直被人批評其宣傳行銷策略誘騙消費者產生非擁有不可的心理，卻制定升斗小民無法負荷的高價，促使女人不惜任何代價也要得到，是非常無恥的作法，我的女上司辯駁「D」品牌確實是匠心獨具、至高無上的完美珍品，是負起提升這個粗俗世界美學層次的當仁不讓者，是優雅必須存在這世上的最佳證明，是人類文明消失殆盡仍值得保存的瑰麗標記。

「如果眞是那麼美好的終極寶物，應該只有相配的女人才能使用吧？」我說，「爲何卻淨看到電視機前穿戴名牌的都是面目醜惡、皮膚鬆弛、講話大舌頭、珠光寶氣的女人？眞正優雅的東西，是不能交到醜女手上的，放在醜女身上，難道不覺得是玷污？就好像把牡丹插在糞便上，難道還提升了糞便的水平？」

「確實是的，插上牡丹的糞便，總比單單是糞便要高雅吧？」我的女上司反駁，「以最高級的品味、一流的材料和技術製造出來的東西，就算是扔在泥濘之地，也像污泥生出蓮花一樣，對那些如泥濘一般的人來說，等於是拯救。」

「什麼最高級的品味、一流的材料與技術，這些都是價格高昂的藉口，」我大聲說，「所謂的拯救，還有昂貴與廉價之分？」

「你太天眞了，誰要膜拜一個穿一百元一件的襯衫的明星？誰相信神是智商和肌肉如你我一樣的平凡人？」我的女上司冷笑，「你們這些蠢豬，只有站在讓你們傾家蕩產的價格前面，你們才會下跪。」

就在此時，我父親心臟病發作倒下，其實已經愛上了女上司的我，原本不願意繼承父親的位置，在父親病榻前我自問，眞正的名牌究竟是什麼？而眞正能體會出名牌的價值，爲其奉獻的人又是什麼人？再高貴的材料、再高品味的設計，消耗大半生年華窮究其中藝術的技師也好，不以一針一線曠日費時的人工不能做出的精工也好，堆砌出來的價值難道只在金錢價格上頭嗎？我認爲能與這樣的東西相配、並且融爲一體的，應該是終極奢華的追求者，是除了藝術之外別無關心的懶散廢人，是爲了堅持此一追求其他卑劣都不放在心上的無恥者。我看著父親的臉，想起芥川龍之介的小說〈地獄變〉，畫師受主公所託描繪地獄變象的屛風，爲了畫出地獄中受烈火灼燒的折磨而痛苦掙扎的女人，畫師要求主公在他面前燃燒一輛內坐美女的牛車，當牛車的簾子被掀起，畫師驚見坐在其中的是自己的女兒，目睹愛女的慘酷死狀，畫師起先痛苦萬分，繼而臉上卻浮現禪悅般的光輝，畫師看到的不再是自己的女兒，而是夢寐以求的眞正地獄景象，因之完成了令世人目瞪口呆的極致作品。

我終究與相愛的女上司分手，決定成爲白州流的繼承人，我的女上司喝的是那些庸俗女人的血，而我喝的是父親的血，是碩果僅存的王者血脈所流的血。

夏之雪

堂本剛／廣末涼子／池脇千鶴／小栗旬

神哪！救我們脫離凶惡

因爲父母意外去世而扛起照顧弟弟妹妹的責任的夏生，是個直率又善良的可愛年輕人，不幸通常世間的準則是卑劣之人會得到好運和財富，純良之人則必定遭遇坎坷乖舛；夏生的弟弟純因爲受到美國陸軍研發的生化武器，一種可怕的病毒感染，失去了一條腿，爲此夏生曾向美國政府抗議，但只得到一面美國國旗。美國國防部表示如果純因病毒侵襲而死亡的話，可得到美國國旗覆蓋在棺材上的殊榮。至於妹妹知佳，是個乖巧溫柔的女孩，卻被人偷拍了性愛錄影帶販賣給媒體，有一家豬飼料公司並且以隨產品贈送錄影帶進行促銷。知佳因此深受打擊，變得自暴自棄，心想既然已經曝光，便放棄了高中學業，改行成爲三級片女星，也可貼補家用。

夏生兄代父母職，爲弟弟妹妹憂心，此時鎮上來了一位來自里斯本的婦人，此人聲稱爲彰顯聖母神能，走遍各地展示神跡，先前她已經走訪很多國家，使得瘸子能走，盲人重見光明，死人復生。夏生一聽大喜，堅持帶純與知佳前去朝聖。然而弟弟妹妹卻不領情，認爲夏生多管閒事。純少一條腿當然十分不便，但認爲哥哥這種迷信十分可笑，知佳則生氣自己又不是殘障之人，何以需要神跡，這豈不是一種侮辱？但仍在夏生苦口婆心半勸說半強迫下前去朝聖。婦人所在之處已大排長龍，隊伍裡盡是坐輪椅的殘缺、重病之人，沿途則有賣烤香腸、香雞排和螢光棒的攤販。

夏生跪倒在婦人腳下，婦人將手掌覆蓋在純的斷肢處，太驚人了，純的腿竟然長出來了！夏生驚喜大哭。至於妹妹的部分，因爲本來就不是肢體上的毛病，看不出有什麼改變，只是晚上回到家後，居然身體變成綠色，且頭部呈三百六十度轉動。而純雖然腿長出來了，卻發現不曉得爲什麼耳朵聾了。我就知道天底下沒有這麼便宜的事，夏生沮喪地想著。第二天晚上妹妹開始仰著肚子像蜘蛛一樣爬到天花板上，並且開始講希伯來文。後來他們發現她被一個中世紀的神父附身，那神父因爲聲稱聽到神的口諭被認爲是異端邪說而被處死。至於那個口諭，私底下仍然流傳甚廣，且在每個時代被賦予不同的意義。內容是：利息即將調降。

夏生認識了一個在銀行工作的女孩，兩人愉快地交往，夏生喜歡女孩天使般的笑容和毫無虛僞的寬容，女孩則喜歡夏生純眞的個性、對家人的責任感和擇善固執。但夏生接著知道了女孩不久人世的眞相，原來女孩得了一種怪病，要不了多久就會軀殼毀壞殆盡而死。神哪，爲何一再讓好人受到考驗，讓他們最後統統禁不起折磨而投向絕望、毀滅、邪惡的誘惑？夏生悲哀地想。就在想這些人性和宗教上的問題時，發生了意外，竟然被一輛機車撞倒，沒多久就死亡了。女孩也在此時病發。好在附在夏生妹妹身體裡的那位神父幫忙，使兩人復生，但是發生了一點狀況，夏生每天只有在白天時會成爲人，晚上則變成殭屍。女孩卻顚倒過來，只有晚上是人形，白天則如死人一般，以至於兩人永遠無法以人的姿態相會。

以上所說的是一則淒美的愛情故事。最後純和知佳坐在海邊望著遠處一波一波湧起的浪，若有所思。爲何眞心相愛的人不能在一起呢？爲何好人總是善感而惡人卻神經粗大呢？純問知佳。因爲世人只想聽到自己希望聽到的，而不願意相信眞理。知佳，應該說是她體內的神父回答。此時知佳已經被傳爲先知，一見她單獨坐在海邊，人們皆聚攏過來聽她說話，於是她便開始解說關於加入WTO將產生的影響。

白晝之月

織田裕二／常盤貴子／飯島直子

尋求墮落的男人

不管是男人或女人，在幼小的時候都肆無忌憚地立下許多志向，或是一些不著邊際的遠大夢想，直到過了三十歲，才會驚覺此生注定是沒希望了，表面上裝作不在乎，暗地裡每隔一段時間會焦慮或者失落一陣子，但是最後也不過就厚顏無恥地了此殘生。富樫直樹雖然尚不到三十歲，但以目前的光景看來，也不過如此了；開一家寒酸的洗衣店，幾乎沒有女人看得上，有時就想，不如徹底地做一個墮落的男人算了。但是如果要死皮賴臉過頹廢的生活，就絲毫不可照顧到客人的福利，比如說應該特別加以清洗的污漬，到頭來一點也沒有少；不能用油劑來清洗的質料，偏偏想也不想地丟下去；或是把客人以高價買來的名牌衣物毀了卻抵死不認帳。這種時候他又成了一個死心眼的男人，明明看不起洗衣這種工作，卻很有興趣地蒐集一些處理高貴衣料上的頑垢的祕訣，導致終日處在墮落與無用的上進的矛盾掙扎裡。

後來他交了一個女友，兩人初次見面就彼此留下好感，在以交往爲前提約會的當天，這個叫做舞永的年輕女孩卻不幸在前來赴約的途中遭到歹徒強暴。原本他不知道這件事，對於女方沒有赴約一事耿耿於懷，差點自暴自棄，下定以處男終身的悲壯決心，後來因爲一名在醫院精神科擔任護士的女性朋友茉莉，才曉得箇中原委。這一來他又驚駭萬分，方寸大亂。他雖然是個不成材的男人，但個性善良，並不堅持一定要與處女交往結婚，然而他確實一直有此想像，視與一名處女共同開始性生活爲理所當然，發現女方已被強奪處女之身，頓時坐立難安。他耳聞過某些女子被人強暴後性情大變，從純潔羞澀變成水性楊花、人盡可夫，打扮妖豔，淫蕩至極，如果是這樣，他可應付不來，萬一表現得差強人意，被一腳踹下床來，豈不顏面盡失！

至於他自己的妹妹智香，還是個大學生，但因爲心理上某種不知名的缺憾，很喜愛購買昂貴的名牌商品，爲了買這些東西，不惜出賣靈肉，在六本木的約會俱樂部任男人挑選帶去賓館，後來還給了一個滿面油光的生意人包養。他發現眞相以後大發雷霆，當場掀翻桌子，表面上自命清高地辱罵妹妹寡廉鮮恥、道德淪喪，其實是心裡悲傷連自己妹妹都能比自己徹底地墮落，他這個男人又算什麼呢！一邊想一邊自虐地享受妹妹的賣身錢換來的奢侈品，就好像自己的靈魂被富商玩弄，用痛苦來折磨自己。

就在他被無盡的胡思亂想糾纏，搞得不三不四的時候，他離家多年的母親出現了，且罹患絕症，行將就木。臨死前她告訴直樹要擺脫這些虛妄的幻想，不妨試試讓陌生的女人踩在腳底下踐踏，這種自我摧殘蹂躪，或許可助他得到一番新生。原本他對拋下父親與自己投入別的男人懷抱的母親十分厭惡，此時不得不承認她的話有道理。他馬上動身到銀行把所剩無幾的存款提出，打算到酒店胡天胡地，把錢和肉體浪擲在酒和女人身上。結果他天生毫無酒力，被騙進人妖俱樂部，三年以後才得以脫身。

回家以後他發現人事已非，妹妹智香已經畢業，遠赴英國深造，舞永成爲知名電視主播。他只好回頭去找那個精神科護士茉莉求歡，但是就像某些人在言談中喜好夾雜成語或外文，茉莉似乎偏好加入精神病學專有名詞，只要此類字眼一出，他就全身癱軟無力，陷入歇斯底里、淚流滿面，其實這是他內心深處憤世嫉俗以及斥責人類文明荒唐的掩飾。最後他只好被送去強制治療，在那裡他也算魚如得水，竟日撒潑或者吟誦詩詞，墮落至極，始終無法順利出院。

愛美大作戰

鈴木紗理奈／原田龍二／上原櫻／遠山景織子

皇后的鼻子

女人坐在鏡子前面卸妝。每次做這件事都得花許多時間，用掉很多卸妝油、乳液和化妝棉，畢竟，我們現在看到的這個女人，可不是普通的女人，而是以三公分厚的化妝術化醜臉爲美女的傳奇女人櫻田門。

不過，雖然傳說中完全是以高超的化妝術使自己擁有美貌的，櫻田門也不是沒有整形過，畢竟眼睛太小、嘴巴太大、臉部的輪廓太平，都可以藉由化妝術來修正，但是太塌、太寬、肥厚渾圓的鼻子，卻是回天乏術。一開始找了那位技巧高超的整形醫生幫她重整了鼻子——想起來是很恐怖，把覆蓋在鼻子上的皮掀起來，磨去一些軟骨，在鼻梁上墊上一點東西——雖然做得挺好看，但只要一翻流行雜誌，就會發現更喜歡的鼻子形狀，因此只好再修改一次。一般而言，一旦嚐過整形的滋味，便會彷彿上了癮一般，想一而再再而三地進行整容。幾次下來，從原本的大鼻子到現在小巧的鼻子，說是小巧，其實小得有點奇怪，比例上似乎不大對勁，看起來也不如那種尖挺的鼻子來得高貴，反而有搖搖欲墜、斷壁殘垣之感。

就在用力搓下臉上那些厚厚的粉底的時候，什麼東西跟著一起掉下來了。哎呀，可不得了，竟然跟麥可傑克森一樣，鼻子脫落了！櫻田門看著鏡子裡的自己，太不可思議了，這豈像人的臉，越看越覺得有超現實感，鼻子那裡居然是個大洞。完蛋了，明天上班，豈不是要用更多粉哩！特別是鼻子，還得在裡頭墊上一個三角形的東西，眞令人沮喪。這件事情，無論如何都不能給心愛的關口先生知道呀。

爲了推出新一季的產品，公司打算盛大地舉行一個記者會，聘請了有名的化妝造型專家香夫人，以櫻田門爲模特兒，作新世紀的超美女示範。「絕對是世人從來沒有見過的終極之美，絕頂的超高標準，誰都會屈服禮讚的華麗容貌。」香夫人用銳利的眼神盯著櫻田門的臉看，然後以嚴肅並且充滿自信的表情向眾人宣布。

記者會當天，不使用任何助理，香夫人親自操刀爲櫻田門化妝，在貴賓室裡，周圍沒有鏡子，連櫻田門這樣的化妝高手都不知道香夫人究竟把自己打點成什麼樣子了。兩個鐘頭以後化妝完成，櫻田門看了鏡子差點昏倒。

沒有鼻子。

「這個造型的重點就在鼻子，絕美而毫無瑕疵的鼻子。」香夫人在記者會的舞台上，神聖且凌厲地指出她的設計理念。「世人的鼻子不管再完美，都有缺陷，都不能符合所有的審美標準。但是這個鼻子，任誰都無法挑出它的缺點，從任何一個角度看，都是極致精品。」底下騷動起來。香夫人清了清喉嚨。「然而，這鼻子不是普通人看得見的，必須是對美有品味、感性並且有智慧、身體裡沒有庸俗成分之人，才能領會。」

頓時現場陷入安靜。突然，櫻田門的死對頭，整形美女黑目田大聲讚美：「太神奇了，絕妙的珍品，史上最璀璨的化妝展現！」跟著，樸素美女堀切也附和：「超越人類極限的挑戰，凡人無法做到的超美，人人都想要的夢幻鼻子！」台下一片熱烈的掌聲，每個人都激動地叫好。

太好了，關口先生鐵定愛死這個鼻子了吧？櫻田門覺得眞幸福。掌聲久久不散，和香夫人同站在舞台上的櫻田門彷彿籠罩在神聖不可侵犯的絢爛光輝裡。

關口送香夫人上車的時候，小聲問了一句：「這麼請教您也許很冒昧，我或許是個庸俗之人，但是那個女人，其實沒有鼻子吧？」

香夫人笑了笑。「如此奇醜之女，都能因爲化妝而堅信自己是美人，這不是很奇妙？」

香夫人坐上車搖下車窗，關口蹲下來，看著香夫人的臉。「確實人們都看見國王的新衣的，」香夫人說。「反而看不見那裸體。」

叫她第一名

常盤貴子／深津繪里／山下智久

幸與不幸的契約

所謂的契約，一般說來是白紙黑字再加上簽名蓋章，口頭的約定在法律上還得要見證人，不過我以爲不管有無見證，契約除了約定之外，也是一種良心的承諾和潛意識的想像。總而言之，我覺得生命是由片段的機遇造成的契約串聯而成的，我把它區分成幸福的契約和不幸的契約。

比如說吧，我和弟弟優太，出生在充滿暴力的家庭當中，這就是一個不幸的契約，我弟弟優太還是高中生，長得唇紅齒白，非常秀氣，女人們爭相想要抱他，我認爲這也是不幸的契約，依我看，優太有一天一定會淪爲女人的俘虜，優太自小被父親揍慣了，養成喜歡挨揍的習性，也許會委身脾氣暴躁、任性粗魯的年輕女孩，住在狹小的房間裡被拳打腳踢、隨意使喚，說不定還要到牛郎俱樂部裡陪年華老去的女人睡覺來賺錢。

至於我，被男朋友賣到溫泉旅館的妓女戶，也是理所當然的。因此，弟弟爲了救我，找了代書事務所的千春來，我知道她的來意後，處之泰然地唱起古曲，並且回答，「不，人生有如朝露，馬上也是要死的，何必太牽強呢？」雖然成爲妓女的命運悲慘，但我認爲悲或者喜是在人心，之前我看到蚊子被電蚊燈電得霹霹啪啪響時，我覺悟到自己也不過是隻蚊子，一邊想著，要是能學會彈三弦，也是不錯的。不過千春並不理會我這一套，她是一個粗人，隨便把我打昏了，也不管我意願如何，就把我強行帶走。

我以爲代書嘛，就是幫人完成契約的人，認識千春以後我才發現他們也幫人解除契約，以及解決一切因爲契約發生和契約解除而衍生的問題，照這樣說來，幾乎可以解決人生所有的問題了，我對千春所做之事，萬萬不能苟同，「世人所爲，說穿了若不是與神的交易，就是與鬼的契約，」我說，「你我不過是凡夫俗子，怎可插手？」即便如此，一方面我也深感好奇，因爲積欠代書費，只好作千春的助手來抵債。

幸福的契約當然是存在的，比如說白雪公主和王子結婚，就是「從此過著快樂的生活」的幸福契約。不過，在不幸的契約當中有幸福的契約，在幸福的契約當中也有不幸的契約，這是人生的必然，吾人也不能因爲不幸的契約橫生，就否定幸福的契約存在。千春與我，就像卡通或者漫畫裡行俠仗義的超人一樣，為人解除不幸的契約，簽訂幸福的契約。比如說，因為千春與我的努力，協助了一名婦女與動輒暴力相向的丈夫離婚，並取得兩個年幼兒女的監護權，這個當然是結束不幸的契約，開始幸福的契約。

我必須提醒各位，童話故事的膚淺和扁平，是因為有限的空間只能容納一、兩個契約，而人生的契約是成千成萬的。內田太太順利離婚後非常開心，並透露我和千春助她完成離婚協議並非如我們自認的出於自發的主動行為，而是因為內田太太與鬼的交易，換言之，我們其實是被撒旦唆使而不自知。這件事千春嗤之以鼻，雖然後來警方發現兩個被放光血的小孩屍體於內田太太租屋內的祭壇上，作為內田太太允諾鬼神交換離婚條件的貢品，也只能解釋內田太太委託我們時已經發瘋，而千春當時並未察覺。

我內心深感無奈，幸與不幸的契約，果眞是人內心既定的想像，回頭看看我弟弟優太，剛被一個女高中生掐著耳朵帶走了，如果日後運氣好的話，也許優太結婚生子後有一天夜裡凝視著雪白的月光，會不禁痛哭，毅然拋妻棄子離家，認識一名體貼世故的年長男性，驚覺浮生若夢，兩人開始新生活。

無家可歸的小孩

安達祐實／保阪尚輝／田中好子

兒童與其父母的戰爭

我剛才花了一個小時寫「基因工程與生物道德觀」的作業，事實上，當了那麼久的小學生，我已經習慣了解答冗長複雜的習題而可以完全不知道那到底在說什麼東西。竟然沒有人認爲這對小學生來說是一種沉重的負擔，看看我們兒童過的是什麼樣的生活！使我難以理解的是，我們每天學習這些大量高深的學問，長大以後卻成爲諸如我們所看到的那些成人一般的蠢材，這到底是什麼道理呢？比如說我的繼父，整天好吃懶做，色迷迷的，有一天我打算放火燒死他，結果他爲了找回他的假牙，數度衝回火場，反而得了幾面獎牌。

因爲房子整個燒掉了，於是我被送到舅媽家去住。我舅舅和舅媽都是很小氣的人，尤其是我舅媽，是十分刻薄的女人。我整天餓肚子，有時候一整天只能吃到一小撮餅乾屑，但是我舅舅和舅媽兩個人卻整天大吃大喝。有一天我無意中發現舅媽把香噴噴的烤牛肉、小羊排、龍蝦、巧克力布丁和冰淇淋蛋糕都送進一間祕密房間裡，隨後我打開鎖上的房間，我天生有做小偷的本領。眞嚇人，房間裡有個男孩，胖得全身的肉垂在地上，活像一隻巨型拖把。原來那是我表哥，他大我五歲，不過長不大，可能是侏儒之類的，舅媽很疼他，深怕他跑出去會發生什麼意外，所以把他鎖在房間裡。他就這麼整天吃喝不動，變成超級大胖子，現在就算把門打開任他外出，他也沒辦法走出房門了。

我們決定逃出這個鬼地方，第一是要讓他瘦下來，這很難，現在他每天的食物都由我包辦了，有時候我懷疑這才是我的目的。嗯，我對烤雞眞是愛不釋手，百吃不厭哪！終於在我們逃脫計畫實行那天，我用被單把表哥的肥肉牢牢綁住，以利通過那扇門，但卻被我舅媽發現了。我表哥揚言引爆肚子裡的炸彈，我哈哈大笑，我以爲那是暗示他要放個響屁了，沒想到他眞的爆炸了。眞令人難過，我沒看過這麼悲壯的事情，他爲了自由，寧願與大家同歸於盡，但他白犧牲了，只有他一個人炸死，舅媽和我都平安無事。

我被趕出來，又無家可歸了，只好自暴自棄地加入竊盜集團，爲首的是個大姊頭，脾氣非常壞，對我們這些小鬼頭動輒打罵，而且她的喜怒無常，令人無所適從。比如說，她叫我們去偷金城武刮腿毛用的剃刀，等我們費盡千辛萬苦，有人因此摔斷了腿，有人被抓進瘋人院，好不容易才弄了來，她又說她要的其實是言承旭的內衣。

啊，我差點忘記提了，我有一隻小狗，牠的臉長得很像馬龍・白蘭度，所以我叫牠龍龍。別以爲我開玩笑，我是說眞的，眞的很像，尤其是馬龍・白蘭度在《教父》裡的樣子。不相信的話可以來信索取牠的照片，但是要附回郵信封。龍龍很有繪畫的天才，尤其是牠的繪畫思考模式一點也沒有受到學院派那一套訓練的污染，畫風也毫不受到當今歐美或日本潮流的左右，再者，牠用色非常大膽，因爲牠根本分不清紅色和綠色的差別。龍龍最近的一幅畫得到文部大臣獎，但是只得了一張無用的獎狀，卻沒有半毛錢；並非我勢利，龍龍雖然有繪畫天分，但牠又不識字。

也許是時來運轉，有一位美術界的大人物因爲對龍龍的天分趕到激賞而收留了我們，我們倆在那裡愉快地吃喝，床鋪也非常舒服。這位美術界的前輩有一個年齡與我相近的女兒，但是老實說，我從來沒見過她，她有時候會在房間裡大呼小叫，發脾氣摔東西之類的，教養非常差，十足是個千金大小姐，有時候半夜在樓上走來走去，吵得人不能睡覺。有一天我實在忍無可忍，跑上去打開她的房間，叫她安靜一點，結果她那時坐在床上哭，還把頭放在腿上。你能明白我的意思嗎？她的頭沒有好好地長在脖子上，而是放在腿上。這位大人物這時才把實情告訴我，他女兒早就死了，這是她的幽靈。我和龍龍當場翻臉走人，但他哀求我們留下來，並要我做他的女兒，因爲我長得與他女兒有些相像。他非常非常愛他的女兒，但她畢竟是個幽靈，她會隨當時的心情變身，有時候她甚至會變成廣末涼子。不幸的是，這位前輩平常對廣末涼子有許多曖昧的遐想，這令他十分困擾，無法把這個幽靈當作女兒來看。

我受不了待在一個鬧鬼的房子裡，又逃了出來，爲了醫治母親的病到處賺錢，說眞的，兒童過的日子比大人艱難多了，大人雖然智商隨著年齡增長而降低，但是卻十分邪惡，這是令我們這些天性純眞善良的小孩頭痛的問題。

天使消失的城市

堂本光一／藤井郁彌／酒井法子／內田有紀

白癡之王

我叫做高野達郎，在街上做著讓人付錢出氣的挨揍工作，生意不錯的時候，一天接客二、三十人。老實說，這種心情和應召女郎沒什麼兩樣，看到上門的客人，會期望這個傢伙應該不會太難應付吧？然而人不可貌相，有時候長得個頭高大、身強體壯，看起來孔武有力的巨漢，卻和女孩子一樣胡亂揮動兩隻拳頭，一邊喊著「討厭！討厭！人家很生氣呦！」長得瘦弱嬌小，看來弱不禁風、手無縛雞之力的年輕女子，卻力大無窮，十足是個暴力分子，明明把自己的臉保護得好好的，竟然還是給打斷了鼻梁。不過，一分鐘一千元的收入還是不錯的，比其他的打工要好賺多了，可惜的是每天賺來的錢都要交給討債的黑道公司，原因是之前替朋友作保人，結果卻被坑了。

悲慘的事情不只如此，我突然冒出一個同父異母的哥哥來，此人不但患有自閉症，還身負一大筆債務。眞是傷腦筋，這一輩子都有還不完的錢啊！「自閉症是什麼？能治得好嗎？」我問之前收留他的廠長。「沒辦法，因爲是一生下來腦部就受了損傷的關係。」他說。後來我才知道，我哥哥似乎是在嬰兒時期，發生了嚴重的車禍，差點死亡，後來就變成這副德性了，話嘛也說不清楚，喜怒哀樂也看不出來，從外表來看，就和白癡沒什麼兩樣。我曾經有好幾次想偷偷把他殺死，表面上看來，是因爲嫌他累贅，還有想丟掉他所欠的債務，事實上是因爲我忌妒他，忌妒他一臉白癡相似乎是一種旁人無法領會的幸福。世人皆以爲要得到越多人認同，才能感受快樂，低能者因爲不爲正常人接納，備嘗孤獨，無限痛苦，眞是大錯特錯，我認爲，要他人接受自己來認同自己的價值，是一種徹底的愚行，只有白癡的孤獨靈魂才是人類之中的王者。

因爲挨揍的工作，認識了京子，是一個在銀行擔任心理諮詢師的年輕女子。說是心理諮詢師，其實是個只有善心、頭腦簡單的笨蛋，我認爲她根本不懂什麼心理學，不過，她看到了哥哥以後，問我哥哥是否有瀕死經驗？我說哥哥小時候發生車禍幾乎死去。「不，其實是一度死去，後來又活了過來，」她忽然說，「雖然死去的時間只有短短一瞬，然而靈魂確實脫出軀殼要往極樂世界飛去了。」照她的講法，不知道怎麼的，就好像原本密閉的盒子，因爲受損使得緊合的扣鎖鬆動，裝在裡面的東西一不小心就會掉落出來一樣，哥哥的靈魂變得很容易就出竅了，表面上他看起來是自閉症，其實是靈魂出竅的緣故。這眞是驚人之語，通常自閉症被形容爲禁錮於軀體的靈魂，我哥卻相反，他的靈魂經常外出不在。

我哥又在那裡看歐巴桑跳韻律操的錄影帶了，「喂！該不會靈魂又出竅了吧！哈哈哈！」我用力拍了他的背一下。我這個人一生命運坎坷，從小被父親拋棄，在孤兒院長大，不只整天在街上挨揍，也常常被討債的流氓毒打，我既不相信有神，也不相信有鬼，遑論靈魂之說了。不過，如果我哥眞的是靈魂出竅，我倒很佩服，靈魂能夠自由的話，就算形體被認爲是白癡，也是値得的。

討債的黑道公司交給我一個大行李袋，這似乎是老闆從哪裡搞來盜賣的，這個交易使我被捲入幫派血拚以及組織內鬥中，混亂中我也身中數槍，逃回居住的公寓頂樓。我狼狽地爬上屋頂，打開行李袋，取出一包白色粉末，對啦，我曾經聽說有種叫做天使塵的藥品，可以使人靈魂出竅，依我看，這些東西都是差不多的吧？現在我手中有這麼多，靈魂應該不只出竅一下，說不定可以在空中飛好幾個月呢？讓我來看看，究竟應該如何使用呢？是吸到鼻子裡吧？電影裡是這麼演的……。

眞夏的聖誕節

竹野內豐／中谷美紀／加藤愛

一〇〇種形式的愛

在小島上的孤兒院長大的女孩，決定離開這島，到陸地的大城市去尋找以前的同伴。因爲是從那樣孤立的島上來的女孩，從城市人的眼裡看來，分外土氣，尤其是不了解城市人的險惡，那種傻瓜般的表情特別令人看不順眼。怎麼樣都不會生氣嗎？一定是裝模作樣吧？有些人於是喜歡拿女孩尋開心，看看她能矯情到什麼程度，在她的裙子裡放進壁虱、把她的頭放在瓦斯爐上點火等等。然而女孩始終態度溫和，甚至感到很開心。那個傢伙不是正常人！他們這麼說。

於是社會福利機構安排女孩去看心理醫生。女孩躺在沙發上說了許多夢境，像是從煙囪裡爬下一個蓬頭垢面的英俊男人，鬍子和頭髮全給煙灰弄得髒兮兮，女孩這才瞧清楚他是聖誕老人，女孩喜極而泣，她一直渴望聖誕老人降臨島上，於是她與那人做愛，之後他打開背上的禮物袋子，取出一個與安室奈美惠的結婚戒指一模一樣的卡地亞戒指送給她。最後醫院作出結論，很可能是因爲她的腦部有不正常的分泌，這種分泌造成她的思考和行爲混亂，以至於無法產生邪惡、敵意、憤怒這些情緒，換言之，發生相當程度的人格缺陷，爲了解決這個問題，他們極力建議她進行切除部分腦葉的手術。

一位以前也是女孩同伴的男人現在成了律師，但他背地裡替醫院進行不道德的勾當，他見過其他人動相同手術的後果：一個男人把他的同事和鄰居的頭全都砍下來，兒童也不例外。另一個女人則用鐮刀毀掉所有她看到的女人的容貌。「這也是沒辦法的事情，」醫生們也只能這樣說。「從前被黏糊糊的腺體隱埋在記憶角落的仇恨和暴烈突然間全都一下子跑出來，一定會麻煩些的嘛！」律師專門處理這些案子，但他阻止了女孩動這個手術，因爲他發現自己愛上了女孩。

女孩來到城市最大的目的其實是尋找十八年前與她在同一場水難中失去親人的男孩。再見到這個男孩，已經不是當年那個純眞的男孩了，變成一個失去良心的流氓、騙子，但是沒關係，女孩發現自己愛著他。不幸這時卻傳來晴天霹靂的消息，兩人竟然是同父異母的兄妹！

「這也沒關係，一般人都是從愛情逐漸變成親情，我們等於跳過前面的階段，直接變成親情好了，」男孩安慰女孩說。「至少也是一種愛。」他們仍可以住在一起，可以互相幫助，可以分享悲傷與歡樂，沒有人能阻止兩個人繼續相愛，因爲他們仍擁有親情，但這種苦澀的妥協令他們感到不公平。神不是鼓勵人們相愛嗎？但每一種愛爲何還是有微妙的不同？有的愛可以有的愛爲何不可以？爲何有時候我們被迫只能選擇某一種愛？兩個人覺得非常遺憾。一起看了一部關於黑猩猩的記錄片，有一段內容描述當黑猩猩的社會發生嚴重的權力紛爭，引發整個族群的混亂，危及和平時，猩猩們會開始大規模地雜交，總之就是瞎搞一氣，連性別、血緣都拋到一邊，這樣的集體性愛會給族群帶來祥和、幸福和愉悅，化解一場戰鬥糾紛的發生。女孩看了大哭，覺得自己爲何不是黑猩猩。男孩與律師一同發起了一場遊行，宣揚這世界需要的是愛，不是權力也不是競爭。但遊行很快就被驅散，爲首者都被送往強制治療。

女孩落寞地回到了島上，在這個南方的小島，從來不曾下過雪，女孩很渴望看到雪景。這一天是聖誕節，女孩踱步在海邊，忽然間，無窮無盡的蒲公英絨毛飄落在沙灘上，如同漫天灑雪，女孩伸出手，凝視落在掌心的雪花，原來是海的那一邊爆發飛來的火山灰。

聖者的行進

石田壹成／廣末涼子／酒井法子／安藤政信

人種的戰爭

河岸邊有一座工廠，在那裡，一群智障少年美其名是被收容照顧，其實被卑鄙殘酷的社長惡毒壓榨，過著非人的生活。有一位溫柔善良如同天使的年輕女性，義務擔任這些少年們的音樂老師，爲他們陰暗的生活帶來唯一的亮光和安慰。女老師看到他們悲慘的生活，十分心痛，屢次向社長提出抗議。

「哎呀，你這個人怎麼說什麼都不能明白呢？」社長耐著性子說，「智障者不是普通人，硬要將這些人看作與我們正常人一樣，根本說不通嘛！我知道你是有愛心的人，但是，就像有些人會煎牛排給自己飼養的狗吃，給牠們豪華的狗屋，還穿上鞋子，但他們心裡很明白狗不是人。」

「你這樣的想法不是如同希特勒一般？」女老師激動地說。

「我當然與希特勒不同，希特勒要殺光次等人種，以保存高等人的優良血統，我卻不這麼想。」社長辯駁，「為何上帝創造次等人呢，就是要服務我們這些高等人。你難道沒想過，上帝的智商那麼高，祂依照自己的形象來創造人，為何弄出這些蠢豬呢？不是沒道理的。」

「我知道你侵犯妙子，眞是太無恥了。」

「妙子是女生，勞動能力不如男生，只能提供身體嘛。其實我那方面啊，有點隱疾，在你這樣的女子面前說起，還眞有點羞慚，我的那個不大行，要靠特殊方法啦，嘻嘻！」隨即正色地說，「但是面對低等人，就無需有任何顧慮，對低等人是不用任何禮貌、情感、道德的，你曾經在一隻狗面前放了個響屁，我看到了喲，你可沒有對牠說『眞不好意思，失禮了』吧？」

「你不要小看他們，」女老師握緊了拳頭，「他們是不可能永遠被你這樣踐踏欺負的。」

「低等人因為覺得受到不公平的待遇，因此團結起來反抗，爭取他們的權益，諸如此類的事情，都是受到高等人的唆使。這些高等人，自然是腦筋不正常的。比如說美國的黑奴、南美洲的農人、對抗資本家的勞工，這些人的反動革命，都是如此發生的，在本質上都不可能獲勝，頂多得到表面上、暫時性的成功。」社長耐心解釋，「低等人實際上就像牛、馬、豬這些動物，爲何他們被奴役、遭受殘暴的對待、終其一生被折磨剝削呢，道理很簡單，他們實在是太蠢了。」

智障少年永遠撿到一支手機，那是屬於少女愛麗絲的，兩人因此變成了朋友。說起來愛麗絲眞的是一個難能可貴的女孩，雖然她的家境優渥，人長得清純美麗，可說是如公主般的千金小姐，但她的個性不俗，世人看不起的智障少年，她卻當作彌足珍貴，一得空閒她就來找少年玩樂，常常讓少年當青蛙騎，或是將少年丟出去的樹枝用嘴巴撿回來，像這樣放下身段，如同女王將自己的地位降低到比弄臣還不如的境地，令她有說不出來的痛快感。然而好景不常，少女的父母與社長聯手，想置少年於死地，少女知道後決定自我犧牲以勸醒世人。撞上火車的少女臨死前告訴少年，請努力制止智障人與非智障人的恩怨，爲人類共同的未來而努力。

工廠裡有位叫做廉的少年，被女老師發現可能並非智障者，他熱愛饒舌歌曲，並且能區分東岸與西岸黑人嘻哈音樂本質與中心思想的主題差異。因此女老師特別把他帶到學校裡去鑑定，希望可得到一紙正常人的證書什麼的，後來經過醫師團的會診，發現他具有雙重人格，其一是正常人，其一是智障者。智障人格的產生還未找到明確的原因，有可能是起於他在童年時執意相信蜘蛛人拯救世界並不是因爲嗑了太多E。

廉放火把工廠燒了，原本是希望犧牲自己，與社長同歸於盡，讓所有的同伴得到解脫，不料弄巧成拙，所有的人都死了，只有社長一人倖免，當時他正在家裡替他老婆按摩小腿上的靜脈瘤。大火燃燒時，原本不在工廠內的少年永遠衝進火場欲救出廉，但廉當時已受傷無法動彈，臨死前他告訴永遠：「若想正常人良心發現，予智障者以平等的人權共存，是不可能的，只有把正常人全部殺光，保存智障者純粹的人種血統，才是唯一可行之路。」

永遠含淚點頭，但十分疑惑，「我頭腦不好，不曉得你說的可不可行。」他問，「現在的你是哪一重人格？是正常人，還是智障者？」

也許在永遠的內心，覺得如果是聰明的正常人格的廉說的話比較值得相信吧！只是以永遠的智能，根本無法區分廉剛才的話，究竟像是一個聰明人還是智障人的意見。不，也許即使是正常人也無法區分吧！火舌亂竄，燒得滾燙的柱子，發出劈吱劈吱的聲響。

後記

這是去年中到今年中（二〇〇一．六～二〇〇二．五）在中國時報的《三少四壯集》專欄所寫的小說，剛開始寫的時候，就有朋友問我，難不成要寫五十二部偶像劇，有那麼多偶像劇好寫啊？事實上，我一點也沒有打算一直寫偶像劇，只是很單純地想玩一種改編文本的遊戲而已。不過，要找適合的文本類型卻比想像中難多了，一度曾用過經典歌劇或者文學，不幸的是，符合我所需求的，所謂一般人「耳熟能詳」的作品，竟然少得可憐。我在美國的朋友聽說《基度山恩仇記》即將拍成電影，居然都很期待，因爲這部作品是這些笨蛋看過的寥寥可數的經典之一，倘或今天要上映的是《聲音與憤怒》或者是《卡拉馬助夫兄弟們》，我想這幾個傢伙大概根本不會覺察到。

寫著寫著，還是寫回偶像劇。很多人有疑問，一直寫偶像劇，寫不煩哪？其實中間有幾度確實覺得沒什麼東西可玩了，每到截稿日，習慣臨時抱佛腳的我就覺得很像面對一種考試，然而很奇妙的，每次山窮水盡的時候，總會產生新的想法，是的，並不是一直在寫相似的東西。

「『恐怖偶像劇』完全否定了童話般絢爛的劇情，黑色幽默下彷佛蘊含著銳利的單刀，斬釘截鐵地毀滅一齣齣美夢，請問當初是在怎樣的心理狀態決定寫這種毀滅性的主題？」我被某高中校刊社的學生問到這個問題。

「開始時確實如你說的有想瓦解偶像劇塑造的糖衣神話的企圖。我並非刻意要冒犯熱愛或者信奉偶像劇或是劇中人物的觀眾，只是覺得同一件事情，可以讓人們『試試從這個角度來看如何？』我對人性抱著極悲觀的看法，作品裡從不會有甜美的東西，這是反映我對現實世界的觀感，卻不是我對世界的希望。不幸的是，我竟然沒有從讀者那裡聽到過類似『不是那樣的，我相信人是善的，世界會變好。』的反應。」回答是這樣。

因爲是悲觀主義者，原本是以「顛覆」的姿態來寫的，很快就遇到難題，大部分的日本偶像劇是很嚴謹的作品，角色的塑造和故事的主題思想都設計得非常周延，不過，眞正挑戰我的，不是技術上遭遇的問題。並非所有的偶像劇都是美好的故事，但是再艱難、惡劣、恐怖的境地中，仍然有天使一般的心，編劇家們就是知道現實中這是不存在的，才刻意塑造出這樣的神話。藝術家的本質，不只是把眞實的世界呈現給世人看，也可如先知一般，指出世界會變成什麼樣子給世人看。這一段時間，因為我自己在人生上一些遭遇，改變了某些想法，原本相信「因爲告訴在沙漠中的人前面有水，使得垂死之人振作起來，可是，事實上前面，再前面，整個沙漠，其實根本沒有水，人到最後還是一樣渴死，爲什麼要隱瞞根本沒有水的眞相？」的我，開始認爲，自以爲知道所謂的眞相，其實只不過是束縛罷了。

因爲這樣，「恐怖偶像劇」也從黑色驚悚的變態故事，嘗試具有宗教性的詩化風格，漸漸地，我覺得有超現實感的喜劇與驚悚劇其實是可並行不悖的，因此採取了筒井康隆或伍迪．艾倫式的荒謬諷刺喜劇，這一個階段玩膩了以後，變成太宰治式的自殘心理和墮落人生觀。最後寫的一些東西，挑選的都是議題性重的劇集，之前完全避開了這一類的素材，因爲議題性的作品，原來的作者已經有了明確的思維在其中，不像是可以拿來「遊戲」的原料，然而寫到了這個階段的我，卻發現議題性的素材創造出更獨特、多變的人物，可以衍生出更多議題，反而是最好的原料。

既要說故事(畢竟說故事對一個寫小說的人來說是極其重要的)，又要思索到底要賦予這個故事什麼樣的想法凝聚的姿態？一年的恐怖偶像劇寫下來，其實很過癮的。

順便一提，收錄在這裡的文章，順序與當初刊登的並不一樣，畢竟，我怎麼記得全部當初寫時的順序呢？至於現在的排列，大體上沒有特別的意義，只是憑感覺而已。

文・學・叢・書

劃撥帳號：19000691　成陽出版股份有限公司　掛號另加20元
本書目所列定價如與版權頁有異，以各書版權頁定價為準

1.	吹薩克斯風的革命者	楊　照著	260元
2.	魔術時刻	蘇偉貞著	220元
3.	尋找上海	王安憶著	220元
4.	蟬	林懷民著	220元
5.	鳥人一族	張國立著	200元
6.	蘑菇七種	張　煒著	240元
7.	鞍與筆的影子	張承志著	280元
8.	悠悠家園	韓・黃皙暎著／陳寧寧譯	450元
9.	想我眷村的兄弟們	朱天心著	220元
10.	古都	朱天心著	240元
11.	藤纏樹	藍博洲著	460元
12.	龔鵬程四十自述	龔鵬程著	300元
13.	魚和牠的自行車	陳丹燕著	220元
14.	椿哥	平　路著	150元
15.	何日君再來	平　路著	240元
16.	唐諾推理小說導讀選 I	唐　諾著	240元
17.	唐諾推理小說導讀選 II	唐　諾著	260元
18.	我的N種生活	葛紅兵著	240元
19.	普世戀歌	宋澤萊著	260元
20.	紐約眼	劉大任著	（待出版）
21.	小說家的13堂課	王安憶著	280元

POINT

1.	海洋遊俠——台灣尾的鯨豚	廖鴻基著	240元
2.	追巴黎的女人	蔡淑玲著	200元
3.	52個星期天	黃明堅著	220元

成英姝 001

恐怖偶像劇

INK publishing

作　　者　成英姝
發 行 人　張書銘
社　　長　初安民

責任編輯　高慧瑩　黃筱威
美術編輯　許秋山
校　　對　高慧瑩　黃筱威　成英姝
出　　版　INK 印刻出版有限公司
　　　　　台北縣中和市中正路800號13樓之3
　　　　　電話：02-22281626
　　　　　傳眞：02-22281598
　　　　　e-mail：ink.book@msa.hinet.net
法律顧問　現代法律事務所
　　　　　郭惠吉律師　林春金律師

總 經 銷　成陽出版股份有限公司
　　　　　訂購電話：02-26688242
　　　　　訂購傳眞：02-26688743
郵政劃撥　19000691　成陽出版股份有限公司
印　　刷　海王印刷事業股份有限公司

出版日期　2002年8月　　初版一刷
　　　　　2002年9月10日　初版二刷
定　　價　220元
ISBN 986-7810-00-7

國家圖書館出版品預行編目資料

恐怖偶像劇／成英姝 著. --初版，--臺北縣
中和市 ：INK印刻， 2002〔民91〕
面 ；　 公分

ISBN 986-7810-00-7(平裝)

857.63　　　　　　　91013182